H. Behrens

Mikroskopische Untersuchungen über die Opale

Antigonos

H. Behrens

Mikroskopische Untersuchungen über die Opale

Unveränderter Nachdruck der Originalausgabe von 1871.

1. Auflage 2024 | ISBN: 978-3-38631-988-1

Antigonos Verlag ist ein Imprint der Outlook Verlagsgesellschaft mbH.

Verlag: Outlook Verlag GmbH, Zeilweg 44, 60439 Frankfurt, Deutschland, info@outlook-verlag.de
Vertretungsberechtigt: E. Roepke, Zeilweg 44, 60439 Frankfurt, Deutschland
Druck: Libri Plureos GmbH, Friedensallee 273, 22763 Hamburg, Deutschland

Mikroskopische Untersuchungen über die Opale.

Von **H. Behrens,**

Dr. phil., Privatdocent an der Universität zu Kiel.

(Mit 2 Tafeln und 2 Holzschnitten.)

(Vorgelegt in der Sitzung am 9. März 1871.)

Die chemischen Analysen der Opale zeigen, dass diese Minerale, im Wesentlichen aus Kieselsäure und Wasser bestehend, eine sehr ungleiche Menge Wasser (2—13 Proc.) und daneben noch Alkalien, Kalkerde, Thonerde, Magnesia und Eisenoxyd, ebenfalls in variabler Quantität, enthalten. Der Umstand, dass weder der Wassergehalt noch die Menge der Metalloxyde sich nach stöchiometrischen Verhältnissen richtet, führt zu dem Schlusse, dass die Opale Gemenge verschiedener Mineralien sein dürften. Für manche Pech- und Halbopale beweist schon die Betrachtung der Handstücke ihre nicht homogene Beschaffenheit, sie sind oft derart aus verschieden gefärbten, durchscheinenden und undurchsichtigen Lagen zusammengesetzt, dass sie fälschlich als Holzopale bezeichnet werden; die mikroskopische Untersuchung von Schliffen führt für die Mehrzahl aller Opale zu einem ähnlichen Resultat und zeigt mitunter recht auffallende Structurverhältnisse.

Die Präparation der Opale für die mikroskopische Untersuchung ist im Ganzen leicht. Ihre Härte und Zähigkeit ist nicht gross, auch brauchen die meisten von ihnen bei weitem nicht so dünn geschliffen zu werden, wie dies z. B. für Basalte erforderlich ist. Eine Ausnahme machen chalcedonreiche Varietäten und manche Milchopale. Die letzteren werden mitunter erst bei grosser Dünne in genügendem Maasse durchscheinend und bekommen dabei leicht zahllose Risse, der Chalcedon dagegen ist zwar durchscheinend genug bei einer Dicke von 0·3 Mm. und darüber, aber wegen seiner grossen Zähigkeit, die beim Schleifen viel mehr als die Härte eines Gesteines in Betracht kommt, ausserordentlich schwer zu bearbeiten. Manche Opale (Halbopale und Milchopale) machen beim Aufkitten des Deckglases Schwierigkeiten, indem sie ein lebhaftes, lange dauerndes Aufschäumen in dem schmelzenden Canadabalsam veranlassen. Es scheint fast, als ob ein kleiner Theil des Wassers der Opalmasse bei der angewendeten Temperatur von 130—150 Grad entwiche, doch liessen ein paar Versuche keinen Unterschied in dem mikroskopischen Bilde der beiden Hälften einiger Schliffe bemerken, von denen die einen zum starken, 5 Minuten lang unterhaltenen Schäumen erhitzt, die andern in weichen, nur schwach erwärmten Balsam eingelegt waren.

Von den 86 Opalpräparaten, die ich im Laufe des verflossenen Jahres anfertigte, stammt die Mehrzahl von deutschen, ungarischen und nordischen, eine kleinere Zahl von amerikanischen und australischen Fundorten; es sind von fast allen Varietäten Stücke von mehreren Fundorten vorhanden, und ist somit zu hoffen, dass die hauptsächlichen mikroskopischen Bestandtheile und Structurverhältnisse darunter vertreten sein werden. Das Material zu diesen Präparaten verdanke ich zum grössten Theil der Güte des Herrn Prof. Zirkel, dem ich gleichfalls für die Bereitwilligkeit, womit mich derselbe wiederholt bei der Deutung meiner Beobachtungen unterstützte, meinen Dank abzustatten habe.

I. Gemengtheile der Opale.

1. Opalmasse.

Mit diesem Namen will ich die meistens farblose und isotrope Grundmasse der Opalgesteine bezeichnen. Der Feueropal von Zimapan besteht ganz aus derselben, einen sehr geringen Gehalt von aufgelöstem Eisenoxydhydrat abgerechnet. Schon weniger rein habe ich sie im Hyalit von Waltsch, Bohunitz, Frankfurt a. M., im Edelopal von Kremnitz, Kaschau und Czervinitza und in mehreren ungarischen Pechopalen gefunden. Die Opale, von welchen sie den Hauptbestandtheil ausmacht, lassen sich schon während des Schleifens an dem hohen Grade von Pellucidität und an ihrer Weichheit erkennen. Unter den Mikroskop erscheint sie in den meisten Fällen als gleichförmige klare, glasartige Masse, ganz der Grundmasse von Obsidianschliffen zu vergleichen, und wird, wie diese, zwischen gekreuzten Nicols vollständig dunkel. Eine Ausnahme hiervon findet Statt, wenn sich in derselben Elasticitätsdifferenzen entwickelt haben, meistens im Gefolge besonderer Structurverhältnisse. So zeigen die farblosen, glasartigen Schichten von reiner Opalmasse, die sich auf Milchopalen von den Faröern finden, im Dünnschliff zahllose feine Sprünge und längs diesen Sprüngen zwischen gekreuzten Nicols eine matte Helligkeit. Analoge Polarisationserscheinungen zeigen sich, mit weit grösserer Lebhaftigkeit, an den Hyaliten, den Edelopalen, so wie an einer Anzahl von Halb- und Milchopalen.

2. Hydrophan. Cacholong.

Er ist in mikroskopisch kleinen Partikeln sehr verbreitet. Selten findet er sich in grösseren Partien, die sich dann während des Schleifens durch das matt weisse, undurchsichtige Aussehen verrathen, welches sie beim Trocknen der Schlifffläche annehmen; meistens ist er in winzigen Partikeln über grössere Flächen verbreitet, die dann beim Trocknen des Schliffes mehr oder weniger trübe werden. Ein solcher Schliff lässt, wenn man ihn trocken unter das Mikroskop bringt, und hierauf einen Tropfen Wasser zwischen Schliff und Deckglas laufen lässt, zahllose Luftbläschen hervordringen, auch dann, wenn nach der zugleich erfolgenden Aufhellung des Präparats zu schliessen, die Beimischung von Hydrophan nur gering ist. Aber auch in den Fällen, wo der Hydrophan in so geringer Menge vorhanden ist, dass er durch die eben beschriebene Reaction nicht mehr angezeigt wird, lässt er sich noch durch Imprägnirung mit Farbstoffen zur Wahrnehmung bringen. Unter mehreren Farbstoffen, die ich versuchte, schien mir für diesen Zweck das Anilinroth (Fuchsin), in verdünnter wässeriger Lösung, der geeignetste. Reiner Hydrophan von Dubnik und von den Faröern färbte sich in wenigen Minuten dunkelroth, in concentrirteren Lösungen fast schwarz, während an Hydrophan ärmere Milchopale und Menilite auch nach längerem Verweilen in der Farbstofflösung nur hochrothe oder blassrothe Färbung annahmen. Die Farbe haftet so fest in dem Gestein, dass sie durch Wasser auch bei Siedhitze nicht ausgezogen wird, heisser Alkohol löst sie dagegen in kurzer Zeit. —

Will man sich dieser Reaction auf Hydrophan bedienen, so macht man am besten den Schliff ein wenig dicker, als man es gewöhnlich zu thun pflegt, und bringt auf seine Oberfläche einen möglichst hohen Tropfen Farbstofflösung, worauf man ihn, mit einer kleinen Pappschachtel bedeckt, für einige Stunden bei Seite stellt. Es ist zweckmässig, nur die Hälfte des Schliffes zu färben oder den Rand ungefärbt zu lassen, was in den meisten Fällen ganz gut möglich ist; man braucht dann nur ein Präparat von dem betreffenden Handstück zu machen. Nachdem man nun den Schliff zuerst mit Wasser, dann mittelst eines mit Spiritus schwach angefeuchteten Läppchens gereinigt hat, schleift man, um ganz sicher alles an Unebenheiten und Verunreinigungen der Oberfläche adhärirende Anilinroth zu entfernen, kurze Zeit auf der matten Glasplatte mit dem feinsten Smirgel und vielem Wasser, worauf man das Präparat in Canadabalsam einlegt. Sollen hydrophanreiche Präparate ihre Durchsichtigkeit behalten, so darf man sie nicht vor dem Einlegen trocknen, auch nicht etwa mit Benzin tränken, sie müssen in vollständig durchnässtem Zustande mit Canadabalsam bedeckt und nun durch anhaltendes Erhitzen vom aufgesogenen Wasser befreit werden. Hat man mit Benzin getränkte oder trockene Hydrophane in Canadabalsam eingelegt (trockene Hydrophane schäumen dabei noch nach viertelstündigem Erhitzen) so zeigen sich dieselben merkwürdigerweise in erwärmtem Zustande höchst pellucid, werden aber beim Erkalten allmählich fast undurchsichtig, nicht anders, als ob sie mit Wachs getränkt wären. — Das beschriebene Verfahren ist zuverlässig, wenn möglichst vollkommene Schliffe verwendet werden. Löcher, die z. B. in Präparaten von Kieselsinter oft nicht zu vermeiden sind, schaden nicht, die unregelmässige Färbung ihres Randes wird niemand irre führen; schlimmer sind kurze, krumme Spalten, wenn in einem unvollkommenen Schliff ihre Ränder ausgebröckelt sind, sie können dann mit den sonderbaren hydrophanhaltigen Faserbüscheln einiger Milchopale (45, 49 Fig. 29) verwechselt werden.

Eine grosse Zahl von Opalen erwies sich, nach dieser Methode geprüft, als hydrophanhaltig. Ganz frei von Hydrophan waren Feueropal von Zimapan (19, 84, 85) und Hyalit (von Waltsch, Bohunitz, Frankfurt a. M., vom Kaiserstuhl (14,

15, 16, 9, 10, 17, 18, 20); selten und in geringer Menge findet er sich in den isländischen Chalcedonen, so wie in den ungarischen Pech- und Wachsopalen, reichlicher in einigen Edelopalen (2, 3, 4, 6), in hellfarbigen, etwas milchig aussehenden gemeinen Opalen (36, 38, 39, 41), im Kieselsinter (55, 70, 86), häufig und in beträchtlicher Menge in den Milchopalen und im Menilit. Meistens ist er in Form feiner Flocken und Körner gleichförmig verbreitet (2, 3, 4, 6, 8, 11, 12, 13, 45, 56, 69, 71) doch können sich die Körner auch zu Fasern (45, 49), zu faserigen Kugeln (44, 47, 48), zu Wölkchen (41, 70), zu dichten Kugeln (45, 48), zu Ringen (48, 75) gruppiren.

Über die Entstehung des Hydrophans und die Ursache seiner Imbibitionsfähigkeit gibt die mikroskopische Untersuchung wenig Aufschluss. Einige Handstücke (milchiger Opal von Detwa, Menilit von Menil-Montant) bestehen zum Theil aus undurchsichtiger weisser kieseliger Masse, die sich gegen Wasser und Farbstoffe wie Hydrophan verhält, und wie eine Rinde auf durchscheinendem Opal aufsitzt. Dieser Umstand, so wie ihre weiche, mürbe Beschaffenheit lassen sie als ein Auswaschungsproduct, und ihre Imbibitionsfähigkeit in ihrer Porosität begründet erscheinen. Danach wäre der Hydrophan durch Umbildung von Opal entstanden und von diesem durch die Anwesenheit von unter sich zusammenhängenden Hohlräumen unterschieden, nur wären diese Hohlräume nicht, wie man wohl gemeint hat, durch Verlust von Hydratwasser entstanden, sondern durch Wegführung eines Theils der Opalsubstanz. Dass Hohlräume vorhanden sind, in welche das Wasser oder die Farbstofflösung eindringt, beweist das hierbei stattfindende Entweichen von Luftbläschen, und da, wo Opal von Hydrophan umgeben ist, können sie wohl durch Auswaschung entstanden sein, schwerlich dagegen da, wo Hydrophan Flocken, Kugeln und Ringe in Opalmasse bildet. Die letzteren Vorkommnisse schliessen auch die Möglichkeit der Entstehung des Hydrophans aus Opal durch Verlust von Hydratwasser aus, wenn man nicht annehmen will, dass die Hydrophankörperchen für sich gebildet, und erst nachträglich dem Opal einverleibt seien. Zieht man den Wassergehalt in Rechnung, der für Hydrophan von Hubertusburg auf 5·25, für Edelopal von

Czervinitza auf 10 Proc. [1] angegeben wird, so scheint der Umbildung von Opal in Hydrophan durch Wasserverlust nichts im
Wege zu stehen, und farbloser Glasopal von den Faröern wurde
in der That bis zur Siedhitze des Quecksilbers erwärmt, weiss
und trübe, zugleich aber rissig und bröcklig, was weder bei den
Hydrophankugeln nach bei der sie einschliessenden Opalmasse
der Fall ist. Es muss also, da letztere sich in der Hitze ebenso
verhält, wie der Glasopal, ihre Bildung in niedriger Temperatur
stattgefunden haben, und in den Partien, welche als Hydrophan
ausgebildet sind, ein Theil des Wassers sehr lose gebunden gewesen sein, etwa so, wie in einem mexicanischen Opale, der von
10·1 Proc. Wasser nach viermonatlichem Liegen 4·1 Proc. ver-
loren hatte[2]. Dabei bleibt freilich die Frage unerledigt, wie der
verschwundene Antheil Wasser Gelegenheit zum Verdampfen
gefunden habe, zu einer Zeit, wo die umgebende Opalmasse
bereits so weit erhärtet war, dass sie nicht mehr in die entstehenden Poren der Hydrophaneinschlüsse einzudringen vermochte.
Man sollte denken, dass Färbeversuche am geeignetsten wären,
über die Beschaffenheit und Vertheilung der Poren Aufschluss zu
geben; sie lehren aber, durch die an reinen Hydrophanen (Faröer,
Dubnik) auftretende gleichmässige oder äusserst fein gekörnte
Färbung, nur, dass dieselben sehr klein und gleichmässig vertheilt sein müssen. Das Festhalten der Farbstoffe scheint in der
Flächenattraction begründet zu sein, die wir an vielen porösen
und feinpulverigen Körpern kennen. — Neben dem Hydrophan
kommt in vielen Opalen (Milchopalen) noch eine andere impellucide, weisse Substanz vor, die keine Imbibitionsfähigkeit besitzt.
Man könnte sie als Cacholongmasse bezeichnen, weil sie im
Gegensatz zu der gelblichweissen Farbe des Hydrophans, jene
bläuliche, im durchfallenden Lichte röthliche Färbung hervorbringt, welche die Mehrzahl der Cacholonge auszeichnet. Es wird
davon weiter unten, bei Besprechung der Structurverhältnisse
specieller gehandelt werden.

---

[1] Rammelsberg. Handb. d. Mineralchemie, S. 133.
[2] Damour, s. Rammelsb. a. a. O. L. 134.

3. Quarz.

In vielen Opalen sieht man den Quarz schon mit blossem Auge oder mit einer schwachen Loupe, so im blassröthlichen Opal von Aurillac (Auvergne), im gemeinen Opal von Baumgarten und Kosemütz und in mehreren isländischen Cacholongen; viel weiter verbreitet ist er indess in mikroskopisch kleinen Partikeln. Nicht allein im Chalcedon, in dem er längst durch die chemische Analyse nachgewiesen ist, sondern auch in den meisten Milchopalen, selbst in solchen, die man kaum noch zu den Milchopalen rechnen möchte, da sie, selbst in dicken Stücken, nur unbedeutende Trübung zeigen, und daher meistens als weisslicher gemeiner Opal bezeichnet werden (gemeiner Opal von Kosemütz, von Baumgarten, von Adelaide), findet sich mikroskopischer Quarz in beträchtlicher Menge, ebenso pflegt er in den eisenreichen Varietäten des gemeinen Opals und Halbopals in erheblicher Quantität aufzutreten. Mit abnehmendem Quarzgehalt pflegt der Glanz und die Durchsichtigkeit der Opale zuzunehmen.

Grössere Flecke oder Adern von Quarz machen sich schon durch den Widerstand bemerklich, den sie beim Schleifen leisten; selbst vereinzelte mikroskopische Quarzeinschlüsse, die zu geringfügig sind, als dass sie die Härte des Opals in bemerklichem Grade vermehren könnten, bilden, in Folge ihrer langsameren Abnutzung, Hügel oder Leisten auf der Schlifffläche, die bei der Bearbeitung mit recht feinem Smirgel und vielem Wasser auf einer mattgeschliffenen Glasplatte Politur annehmen, und dadurch leicht kenntlich werden, wenn man den Schliff ohne Deckglas im auffallenden Lichte untersucht. Im durchfallenden Lichte haben Flecken und Adern von derbem Quarz das Aussehen von Löchern und Rissen im Präparat, die sich mit Canadabalsam gefüllt haben (Opal von Aurillac), die Anwendung des Polarisationsapparates lässt beide am leichtesten unterscheiden.

Die aneinander gewachsenen, hexagonal zugespitzten Prismen deutlich krystallinischer Partien besitzen oftmals jene, den Krystallflächen parallele Schichtenstructur, welche von Prof. Zirkel für den Augit und die Hornblende des Basalts beschrieben und abgebildet ist [1] und welche gleichfalls im Feldspath der Lava vom Monte Somma, im Feldspath einiger Trachyte, endlich makroskopisch im Kappenquarz vorkommt. Solche Quarzpartien (36, 38, 40, 41, 51) geben, bei der vollkommenen Klarheit der gestreiften Masse, allerliebste, fortificationsähnliche Zeichnungen.

Niemals habe ich im Opal ringsum ausgebildete mikroskopische Quarzkrystalle gefunden. Schöne Prismen, im Hyalit, im Glasopal von den Faröern, in isländischem Chalcedon, die man wegen ihrer Farblosigkeit und optisch einaxigen Beschaffenheit auf den ersten Blick dafür halten könnte, zeigen niemals die hexagonale Zuspitzung, sind also wahrscheinlich quadratisch. Auch sind dieselben einaxig negativ, der Quarz dagegen positiv. Nadelförmig ausgebildeter Quarz ist der Hauptbestandtheil einer grossen Zahl von Chalcedonen, des Heliotrops, so wie einiger Milchopale und Jaspopale. Am längsten und dünnsten sind die Nadeln der Chalcedone, sie sind gewöhnlich ein wenig gebogen, von unregelmässigem Querschnitt und zu radialfaserigen, halbkugeligen oder keulenförmigen Aggregaten verwachsen. Ferner findet man in vielen Opalen merkwürdige kugelige Aggregate, die grösstentheils aus Quarz bestehen und später ausführlicher besprochen werden sollen (s. pag. 558, flg.), endlich feinen, durch die stärksten Vergrösserungen kaum aufzulösenden Quarzstaub, bald gleichförmig vertheilt (Pechopal von Telkibánya), bald streifenweise oder fleckweise gehäuft (Cacholong von Island, von Steinheim).

Zwischen gekreuzten Nicols erscheint natürlich der Quarz hell, bei genügender Dicke farbig; beides findet in um so höherem Maasse Statt, je weniger er mit Opalmasse verunreinigt ist. Gleichförmig verbreiteter Quarzstaub kann nichts anderes, als eine matte, gleichförmige Helligkeit hervorbringen; ist er an einzelnen Stellen dichter gehäuft, so können sehr hübsche Lichteffecte entstehen (Fig. 17), und in solchen Fällen ist es oftmals schwierig zu entscheiden, ob man es mit einem hyalitischen, oder mit einem quarzführenden Milchopal zu thun habe, oder ob die Ursache der doppelten Brechung in beiden, in der Structur

---

[1] Zirkel, Unters. üb. d. mikrosk. Zusammens. u. Structur d. Basaltgesteine. S. 21.

der Opalmasse und zugleich in einer Beimischung von Quarz zu suchen sei. Es ist sehr angenehm, wenn der Polarisationsapparat so eingerichtet ist, dass man den einen Nicol rasch entfernen kann, ohne zugleich das Auge vom Ocular zu entfernen, weil durch diese Einrichtung die Möglichkeit gegeben wird, zu prüfen, ob der Begrenzung der Polarisationsfiguren Änderungen in der Lagerung des Staubes im Präparate entsprechen. Ein anderes, freilich auch nicht ganz zuverlässiges Hülfsmittel für die Unterscheidung von hyalitischem und quarzführendem Milchopal bietet die eigenthümliche, schwer zu beschreibende Form und Schattirung der Polarisationsfiguren des Hyalits, die bei geringen Drehungen des Analyseurs beträchtliche Veränderungen erleiden.

Makroskopische Partien von derbem oder krystallinischem Quarz bieten dieselben bunten Lichterscheinungen, wie der Quarz der Granite, ihre Structur sieht man meistens besser im gewöhnlichen, als im polarisirten Lichte.

So sieht man z. B. die den Dihexaëderkanten parallele Streifung der kleinen Quarzdurchschnitte im gemeinen Opal von Baumgarten im gewöhnlichen Lichte schon bei mässiger Vergrösserung und Beleuchtung, während im polarisirten Lichte gar nichts davon wahrzunehmen ist. Die Krystallaxen haben für alle aufeinanderfolgenden Schichten des Krystalles dieselbe Lage, und es kann daher nicht zu einer solchen bunten Streifung kommen, wie man sie an den Feldspathzwillingen zu sehen gewohnt ist. Feinfaserige Quarzgebilde werden im Gegentheil viel leichter im polarisirten, als im gewöhnlichen Lichte erkannt. Es wirken die parallel liegenden Fasern eines ganzen Bündels zusammen, wodurch Farbenstreifen entstehen, deren Durchmesser den der einzelnen, oft sehr dünnen Nadeln weit übertrifft (Fig. 25). Weil die Anordnung der Fasern fast immer eine radiale ist, so erhält man im Polarisationsmikroskop verwaschene, bei kleinen Drehungen des Analyseurs eigenthümlich flimmernde Kreuze, oder, wenn es nur zur Ausbildung von Kugelquadranten gekommen ist, ebenso, wenn Halbkugeln durch den Schliff schief geschnitten wurden, Theile von Kreuzen, oft stark verzerrt. Die Verstümmelung der Kreuze kann in Querschnitten einzelner Krystalle nicht vorkommen, weil hier jeder Punkt Mittelpunkt des Kreuzes werden kann, weil auch das kleinste Stück des Querschnittes noch unzählige senkrecht zur optischen Axe geschnittene doppeltbrechende Elemente enthält; in radialfaserigen Quarzkugeln wird dagegen der Mittelpunkt des Kreuzes allemal mit dem Mittelpunkt der Kugel zusammenfallen müssen, weil nur in zwei auf einander senkrechten Durchmessern die Krystallaxen den Schwingungsebenen der beiden Nicols parallel sein können, also auch nur längs diesen Durchmessern vollständige Auslöschung des durchfallenden Lichtes stattfinden kann. Regelmässige Kreuze, bei denen dann auch das Flimmern aufhört, sieht man nur in freiliegenden, ringsum ausgebildeten, feinfaserigen Kugeln, die gewöhnlich (Chalcedonkugeln mancher Opale) zugleich concentrische Schichtenstructur besitzten (Fig. 20).

Es können auch kugelige Aggregate von Dihexaëdern (Opal von Kosemütz, Fig. 15) ähnliche Erscheinungen hervorrufen, wofern sie genügend gross und von genügend regelmässiger Anordnung sind. Bei der Mehrzahl der kugeligen mikroskopischen Quarzconcretionen ist Beides nicht der Fall; sie werden desshalb, wenn sie in quarzarmer Grundmasse liegen, zwischen gekreuzten Nicols gleichförmig hell auf dunklerem Grunde (41, 51, 80) und lassen sich, wenn sie einer quarzreichen Masse eingelagert sind, von dem eben so hellen Grunde kaum oder gar nicht mehr unterscheiden (54, 59).

4. Eisenoxyd.

Dasselbe findet sich in den Opalen sowohl als Hydrat, wie auch wasserfrei, und bedingt, mehr als alle übrigen Bestandtheile, ihre Färbung. In der Opalmasse aufgelöst ist das Eisenoxydhydrat in den Feueropalen, sie von blassgelb bis braun färbend. Es ist hier in chemischer Verbindung mit der Opalmasse, selbst anhaltendes Kochen mit concentrirter Salzsäure vermag nichts davon auszuziehen. In Staubform der Opalmasse beigemengt, bildet es einen Bestandtheil vieler Halbopale (von Steinheim, Skalnok, Poinik, Lipschitz, Kosemütz, Teplitz, Adelaide), sowie von Pechopalen (Telkibánya) und Meniliten, in den letzteren zuweilen von Manganoxyden (Manganopal von Siegen) begleitet. Wenn dabei dünne, ebene oder schwach gekrümmte, parallelflächige Lagen von eisenreicherer und eisenärmerer Opalmasse mit einander wechseln, so erhalten die Handstücke das Ansehen von Holzopalen (sogenannter Holzopal von Steinheim).

Aus all' diesen Opalen zieht Salzsäure in kurzer Zeit etwas Eisenoxyd aus, die Wirkung bleibt aber, auch nach längerer Digestion, auf die Oberfläche beschränkt.

Wasserfreies Eisenoxyd kommt in den Opalen in verschiedener Form vor, als feiner Staub, als amorphe Häufchen und Flittern und wahrscheinlich auch als Eisenglimmer. Der Eisenoxydstaub ist es, welcher dem sogenannten Eisenopal (rother Jaspopal) seine rothe Farbe und seine Undurchsichtigkeit verleiht.

Untersucht man Stücke, die von Quarzadern durchzogen sind (Eisenopal von Island, Jaspopal von Schlottwitz), so bemerkt man, dass die Opalmasse, mit dem Quarz verglichen, gelblich aussieht, so wie, dass in dem Quarz die Häufchen viel stärker begrenzt sind, als im Opal, wesshalb der Quarz auch viel eher durchscheinend wird. Die Häufchen von Eisenoxydstaub sind am schönsten ausgebildet in den rothen Streifen der Achate, und zwar gehören die scharfumschriebenen kreisrunden, nur wenig gezackten Flecke, welche Fig. 33 aufweist, dem ganz impelluciden, milchweissen Quarz dieser Gesteine an. Das feinpulverige Eisenoxyd ist in ihnen sehr dicht gehäuft, so dass sie im auffallenden Lichte eine prächtig hochrothe Farbe erhalten. Ähnliche dichte Flecke von Eisenoxyd geben dem Heliotrop sein roth getüpfeltes Aussehen, nur sind dieselben weit grösser (die des Achats haben 0·050—0·080, die des Heliotrops mehrere Mm. Durchmesser) und nicht so regelmässig geformt. — In Flittern ausgeschiedenes Eisenoxyd findet sich in den lebhaft glänzenden braunrothen Varietäten des Pechopals, sehr schön z. B. in dem Pechopal von Herlany. Die Grundmasse desselben ist farblos, stellenweise etwas gelblich und darin schwimmen längliche und rundliche, schwach schimmernde Flitter von sehr ungleicher Grösse (0·002—0·120 Mm.) und in auffallendem Lichte von lebhaft rother Farbe. An einigen der grösseren sieht man Reste von hexagonaler Begrenzung, und zugleich lebhafteren Schimmer, als an den kleinen, unregelmässig begrenzten Stückchen, es dürften diese Flitter also wohl zum Theil für Bruchstücke von Eisenglimmer zu halten sein. Gut ausgebildete Hexagone von Eisenglim-

mer habe ich im Opal nur einmal gefunden, in einem Halbopal
von Adelaide in Südaustralien (Fig. 32), worin sie in vereinzelten
kleinen Gruppen neben rothgelben Fetzen und Kügelchen von
Eisenoxyd, so wie den oben erwähnten kugeligen Quarzconcretionen auftreten. Die grösseren sind durch Form und Farbe den
rothen Eisenoxydblättchen des Carnallits ähnlich, jedoch viel kleiner, nur 0·010 Mm. gross, und oft zu tafelförmigen Zwillingen
verwachsen, die kleinsten (0·005 bis 0·008 Mm. lang, bei kaum
0·0005 Mm. Breite) erinnern an die Eisenoxydnadeln des Kiese-
rits, und stellen durch ihre, den Kanten der grösseren Hexagone
parallele Lagerung etwas den Belonitströmen der Obsidiane Ähn-
liches her.

5. Nontronit. Grünerde. Serpentin.

Dass in den Opalen das Eisenoxydul eben so häufig vor-
komme, wie das Eisenoxyd, lehrt die Änderung der Farbe, von
Graulich- oder Gelblichgrün in Roth oder Schwarzbraun, welche
bei vielen derselben durch Glühen bewirkt wird. Grünliche Opale
von homogener Beschaffenheit sind mir nicht vorgekommen, stets
war die Färbung durch Einschlüsse von eisenhaltigen Silicaten
hervorgebracht, deren optisches Verhalten in den meisten Fällen
viele Ähnlichkeit mit dem des Nontronites im ungarischen Chloropal zeigte. Im Dünnschliff des Chloropals bildet der Nontronit
eckige, von Opalmasse umgebene und damit durchdrungene,
wenig durchscheinende, im durchfallenden Lichte braungraue,
grünliche und gelbliche, im auffallenden gelbe und gelbgrüne
Flecke von feinkörniger Textur. Dieselben gelben und gelbgrünen
Körner enthält ein grünlichgelber Wachsopal von Kaschau, er
unterscheidet sich von dem Chloropal nur durch die Kleinheit der
Einschlüsse, und die mit dem Vorherrschen der Opalmasse ver-
bundene durchscheinende Beschaffenheit. In Pechopal von Telkibánya und in Halbopal von Skalnok ist die grünfärbende Substanz so fein zertheilt, dass sie im durchfallenden Lichte nur eine
bräunliche schwache Trübung hervorbringt, dasselbe ist der Fall
in zwei grünen Halbopalen von Adelaide, in welchen sie zugleich
polarisirende faserige Büschel [1] und eckige, ganz impellucide

---

[1] Vielleicht Chrysotil?

Einschlüsse bilden hilft (Fig. 32). — Die dunkler gefärbte, auch im durchfallenden Lichte, wenn anders der Schliff dünn genug ist, noch grün erscheinende Grünerde scheint den quarzreichen Varietäten der Opalgesteine, dem Jaspopal und Chalcedon anzugehören, in eigentlichen Opalen habe ich sie noch nicht gefunden. Ihre Körnchen sind sehr klein (unter 0·001 Mm.), bald gleichförmig verbreitet (grüner Jaspopal von Grönland), bald zu unregelmässig geformten Häufchen (Chalcedon von Island, Fig. 24), oder zu wurmförmigen Schnüren (grüner Jaspopal von Grönland und Island, Fig. 31) oder zu grösseren dichten Massen gesammelt (Heliotrop von Zweibrücken). Der Heliotrop ist nichts anderes als ein mit vieler Grünerde und kleinen Eisenoxydflecken verunreinigter Chalcedon von grobem Gefüge. Im Heliotrop von Zweibrücken wechseln beinahe farblose Partien von kurz- und dickfaserigem Chalcedon mit solchen, deren Reichthum an Grünerde so gross ist, dass nur die Ränder ein wenig durchscheinend sind und dass man mit einer starken Nadel Partikeln losstechen kann, die durch heisse Salzsäure zersetzt werden, ohne zu gelatiniren. Stark durchscheinend sind die, gleichfalls in grobfaserigem Chalcedon liegenden, wurmähnlichen, netzartig verstrickten Schnüre der grünen Jaspopale, in ihnen ist die Grünerde mit einer überwiegenden Quantität amorpher farbloser Masse gemengt.

Mikroskopische Pseudomorphosen von Grünerde nach Augit oder Hornblende, die ich in Kalksteingeschieben in reichlicher Menge gefunden habe, scheinen im Chalcedon und Opal nicht vorzukommen.

Einige Opale verdanken ihre grüne Färbung einer Beimischung von Serpentin. Ihre Farbe ist im auffallenden Lichte ein mattes Graugrün (Serpentinopal von Jordansmühle) oder Braungrün (Serpentinopal von Meronitz), im durchfallenden Lichte zeigen sie dieselbe graubraune Trübung wie der Nontronit. Unter dem Mikroskop sind die Serpentinopale am leichtesten an den Einschlüssen des Serpentins zu erkennen, davon fanden sich: Pyrop in Körnern von 2 und 3 Mm. Dicke (Meronitz); etwas abgerundete, äusserlich in Serpentin umgewandelte Olivine, — sie zeigen zwischen gekreuzten Nicols inmitten einer lichten, gelblichen Zone prächtige Polarisationsfarben; — Bronzit in kleinen

Stückchen, leicht kenntlich an seiner Polarisationsfarbe einem
sehr schönen, in's Bronzegelb hinüberspielenden Braunroth; endlich Chrysotil in Form graubrauner, lebhaft polarisirender Faser-
bündel, welche den in einem Halbopal von Adelaide vorhan-
denen (Fig. 32) so ähnlich sind, dass ich geneigt bin, den letzteren zu den Serpentinopalen zu stellen. Die genannten Einschlüsse sind jedoch keineswegs sehr häufig, am reichlichsten
fand ich sie im Opal von Meronitz, der auch viele compacte,
durch Opalmasse verkittete Stückchen von Serpentin enthält.

6. Schwefelarsen. Carbonate.

Es ist das einzige Schwefelmetall, welches ich im Opal habe
finden können. Das sonst auch in hydatogenen Gesteinen so
weit verbreitete Schwefeleisen (Schwefelkies in schönen Krystal-
len, Octaëder und Combination von Würfel und Dodekaëder im
Knistersalz von Wieliczka) fehlte hier gänzlich. Zuerst hielt ich
die oben erwähnten gelben Kügelchen des Opals von Adelaide
für Schwefelarsen, nach Auflösung der Opalmasse in Kalilauge
blieben dieselben aber mit den Eisenglanzflittern und Quarz-
kügelchen in dem unlöslichen Rückstande und erwiesen sich bei
weiterer Prüfung als Eisenoxydhydrat. Später erhielt ich durch die
Güte des Herrn Prof. Zirkel ein Stück Forcherit von Holzbruck
in Steiermark. Es ist aus weissen und dunkelgelben, nicht ganz
parallelen Lagen zusammengesetzt. Die weissen Lagen bestehen
aus einem gleichmässig trüben, fast quarzfreien Milchopal, der
nicht scharf gegen die mit Schwefelarsen verunreinigten abgegrenzt ist. Die letzteren geben beim Erhitzen im Glaskölbchen
ein deutliches Sublimat von Schwefelarsen, doch ist die Menge
desselben nur gering. Es ist im Opal gleichförmig, als Staub oder
in kleinen flockigen Massen vertheilt, ganz so, wie es durch
Fällung einer Lösung von arseniger Säure mit Schwefelwasser-
stoff erhalten wird. — Von Carbonaten habe ich kohlensauren
Kalk in Form kleiner unregelmäsig begrenzter Körner in einem
hellgrauen, auch in sehr dünnen Schliffen nur wenig durchscheinenden Menilit von Menil-Montant und in Schwimmkiesel von
St. Ouen gefunden. Kohlensaure Magnesia wird als Gemengtheil
des Halbopals von Baumgarten in Schlesien angegeben. Es
wäre interessant gewesen, zu erfahren, ob dieselbe in die Zu-

sammensetzung der Sphärolithe dieses Opals eingeht, doch glückte es nicht, in drei zur Untersuchung gelangten Präparaten etwas davon aufzufinden.

7. Organische Substanzen.

Organische Substanzen sind im Opal seltener und in viel geringerer Menge vorhanden, als ich erwartet hätte. Nach Rammelsberg hat das durch Glühen ausgetriebene Wasser einiger Opale brenzlichen Geruch und ich habe mich in ein paar Fällen hiervon selbst überzeugen können (Pechopal von Telkibánya, Menilit von Menil-Montant), erhielt aber kein Sublimat von theerartigen Substanzen, auch wurden im bedeckten Platintiegel erhitzte Opale (graulicher Pechopal von Telkibánya, grünlicher Opal von Adelaide, gelber und dunkelbrauner Holzopal von Poinik und Steinheim, weisser Holzopal von Neuseeland, an Radiolarien- und Foraminiferenresten reicher Menilit von Menil-Montant und St. Ouen) unter starkem Verknistern graulichweiss oder orange-roth, soweit sie zum Glühen erhitzt gewesen waren, ohne dass die Splitter der nach dem Erkalten zerschlagenen Stücke an der Grenze des glühend gewesenen Theiles eine Schwärzung erkennen liessen. Nur im Polirschiefer vom Habichtswald bei Cassel, von Kiskér, Honther Comitat, Ungarn, verrieth sich die Anwesenheit von organischer Substanz durch Ausscheidung von Kohle. Im Polirschiefer von Kiskér ist eine so beträchtliche Menge davon vorhanden, dass die durch Schlämmen daraus gewonnene Diatomeenerde beim Erhitzen im Platinlöffel ganz schwarz wird, und es geraume Zeit erfordert, die Kohle vollständig zu verbrennen.

II. Mikrostructur der Opale.

1. Homogene Opale.

Wesentlich homogen sind der Feueropal, Glasopal, Edelopal und der Hyalit. Der Feueropal von Zimapan ist so gut wie structurlos, eine blassgelbe, röthlichgelbe oder bräunliche hyaline Masse, die nur selten von Sprüngen durchsetzt ist, oder ein paar Luftblasen einschliesst. Dasselbe gilt von dem sogenannten Glasopal. Glasopal von Telkibánya unterscheidet sich von dem Feueropal von Zimapan nur durch seine Farblosigkeit; ein anderer Glasopal (22), der einen Überzug von circa 5 Mm. Dicke auf Cacholong von den Faröern bildet, ist von zahllosen feinen Sprüngen nach allen Richtungen durchsetzt, und nähert sich durch schwache Farbenwandlung dem Edelopal.

Die meisten Edelopale sind nicht ganz klar, sie enthalten kleine Flecke von Hydrophan (2, 3, 4, 6) und einen feinen weissen Staub, der nicht Hydrophan ist, und bei den Milchopalen weiter besprochen werden soll (2, 3, 4, 6, 7, 8). Ein klarer, gelblicher Edelopal von Kremnitz (1) enthält auf Sprüngen dicht gedrängte, häufig zu 8förmigen Figuren zusammenfliessende, bräunliche Ringe (Fig. 5), vermuthlich von Eisenoxydhydrat, ganz ähnlich den makroskopischen Ringen, die man oft durch das Zerplatzen von Blasen beim Eintrocknen des Schaumes erhält, welcher sich aus dem Gemenge von Smirgel und Wasser während des Feinschleifens der Präparate bildet. — Luftblasen finden sich im Edelopal eben so selten, wie im Feueropal; unter acht Präparaten war nur eins, welches solche enthielt. Sie waren ringsum mit den eben erwähnten weissen Körnchen bedeckt, und um die grösseren Blasen hatten sich viele kleinere gesammelt, die wie kleine Perlen daran hafteten, ganz analog den Gruppen von Luftblasen, welche man durch Umrühren von trübem Dextrinschleim erhält. — Grosse, stark glänzende, farblose Einschlüsse, von 0·1 bis 0·13 Mm. Dicke und mehr als 1 Mm. Länge, wie Stalaktiten geformt, sind Hyalit, der bekanntlich gar nicht selten im Edelopal vorkommt.

Die merkwürdigste Erscheinung am Edelopal ist unstreitig seine Farbenwandlung in auffallendem Lichte. Das Farbenspiel ist an verschiedenen Exemplaren nicht allein ungleich stark, sondern auch ungleich vertheilt, am stärksten fand ich es im Edelopal von Kremnitz (1), hier waren nur zwei Farben, blau und grün vertreten, die in muscheligen Formen beinahe den ganzen Schliff erfüllten, nächstdem im edlen Hydrophan von Dubnik (8), in welchem neben Roth als Hauptfarbe Grün, Blau und Gelb, in rundlichen, geschweiften, eckigen Flecken und in Streifen auftraten. Edelopale von Kaschau und Czervinitza zeigten auch rothe Nüancen, die farbigen Flecke waren kleiner als in den beiden vorher genannten, die dunklen Zwischenräume

grösser. — Die Dicke der Präparate ist innerhalb ziemlich weiter
Grenzen willkürlich, da Schliffe von 0·1 Mm. Dicke noch lebhaftes
Farbenspiel geben können; man muss, sobald auf beiden Seiten
eine ebene Fläche geschliffen ist, nachsehen, ob das Präparat wenige
grosse, oder viele kleine leuchtende Flecke zeigt, und kann ihm im
ersteren Falle eine Dicke von 1 bis 1·5 Mm. lassen. Für die mikroskopische Untersuchung können nur schwache Objectivsysteme verwendet werden, weil man eines Objectabstandes von wenigstens
1 Ctm. bedarf, damit das auffallende Licht genügende Intensität
habe und unter verschiedenem Einfallswinkel auf das Object gebracht werden könne. Eine Beleuchtungslinse ist nicht erforderlich,
sie ist mir eher hinderlich als nützlich gewesen, aber man darf nicht
versäumen, das Object zu drehen, und durch Neigung des Objects
und des Mikroskops, sowie durch Aufstellen durchlöcherter Papp-
schirme vor dem Objecttisch den Einfallswinkel des Lichtes zu
ändern. So sind durch Abänderung der Richtung und des Einfallswinkels des Lichtes von demselben Präparat (1) die drei
verschiedenen Ansichten Fig. 2, 3, 4 gewonnen. Auch kann ein
und derselbe Fleck mit dem Einfallswinkel die Farbe wechseln;
in dem zuletzt besprochenen Präparat ist das nur in geringem
Grade möglich, weil die Farben zu früh erlöschen, im Hydrophan
von Dubnik dagegen lässt sich durch Vergrösserung des Einfallswinkels das Roth zu Blau steigern, durch Verkleinerung desselben
zu Gelb herabdrücken, wobei gewöhnlich die Änderung der Farbe
nicht gleichzeitig über die ganze Länge des rothen Streifens erfolgt.
Dies Verhalten spricht sehr dafür, die Farben des Edelopals,
ebenso wie die des Labradors, in die Kategorie der „Farben dünner
Blättchen" zu stellen, welche durch die Interferenz zweier Licht-
strahlen hervorgerufen werden, von denen der eine an der Vorder-
fläche, der andere nach dem Durchgange durch ein dünnes,
durchsichtiges Blättchen an der Hinterfläche desselben reflectirt
wurde. Im durchfallenden Lichte müssten hiernach dieselben
Stellen farbig erscheinen, welche es im reflectirten waren, und
zwar müssten sie complementäre Farben zeigen, was auch,
wenn alles auffallende Licht abgeblendet wird, in befriedigender
Weise hervortritt (Fig. 6, 7, 8, 10). Durch Neigen des Präparates
lässt sich auch hier die Färbung ändern, was oftmals zur besseren
Wahrnehmung derselben beitragen kann, weil Violett oder Blau·

grün mehr gegen die gelbliche oder röthliche Eigenfarbe des
Opals absticht, als blasses Roth oder Gelbgrün; nur ist zu
beachten, dass excentrische Spiegelstellung das Schiefstellen des
Präparates wohl unterstützen, aber nicht ersetzen kann, weil
der kleine Öffnungswinkel der schwachen Objective es nicht
erlaubt dem Spiegel eine stark excentrische Stellung zu geben,
und starke Objective die Farben zu matt, das Gesichtsfeld zu
klein machen. Am Rande grösserer, im auffallenden Lichte farbig
erscheinender Partien bemerkt man bei sorgfältig regulirter
schiefer Beleuchtung mit durchfallendem Lichte sehr zarte dunkle
Linien, ebenso da, wo leuchtende Flecke von zahlreichen kleinen
dunklen Bogen durchschnitten werden (Fig. 7, c), sie sind so zart,
dass man in milchigen Opalen wenig (2, 4, 6) oder gar nichts
(8) davon wahrnimmt. Ein Zusammenhang zwischen der Farbenwandlung und diesen sie begrenzenden Linien ist wahrscheinlich,
sie sind demnach als Grenzlinien von reflectirenden sehr dünnen
Lamellen zu deuten, und es fragt sich nur, ob wir es im Edelopal
wie im Labrador mit glänzenden Krystalltafeln (Fuchs und G.
Bischof), oder mit äusserst dünnen Schichten eines Opals von
abweichendem Brechungsexponenten zu thun haben. Von lagenweise vertheilten mikroskopischen Hohlräumen, durch deren Annahme Brewster die Farbenwandlung der Edelopale erklären
will, habe ich nichts gesehen, ich mochte die Vergrösserung und
Beleuchtung abändern wie ich wollte, und doch sehe ich in
0·00075 Mm. grossen Flüssigkeitseinschlüssen des Quarzes das
bewegliche Luftbläschen noch sehr deutlich, obwohl es höchstens
0·0002 Mm. gross sein kann, also nicht so gross als es die Brewster'schen Hohlräume sein müssten (0·00033 Mm.), wenn sie
grüne Interferenzfarbe geben sollten, (Wellenlänge für die
Fraunhofer'sche Linie $C = 0·000656$ Mm. [1].

Vermuthlich hat Brewster sich durch kleine, den auf S. 535
beschriebenen ähnliche Tüpfel und Ringe von Eisenoxydhydrat irre

---

[1] Nach Müller-Pouillet, 5. Aufl. Bd. I, S. 633 ist die Dicke der
für Grün 2 Ordn. erforderlichen Luftschicht = 0·0004 Mm., nach Valentin,
Untersuch. der Pflanzen- und Thiergewebe im polaris. Lichte 1861, S. 118,
sowie nach Dippel, Mikroskop I, S. 419, ist sie doppelt so gross, =
0·000747 Mm. Vergl. Flögel, Über die Structur der Zellwand in der Gat-
tung *Pleurosigma*, in M. Schulze, Archiv f. mikr. Anat. 1870, S. 494.

führen lassen, die, auf Sprüngen abgelagert, in einigen Opalen sehr verbreitet sind (2, 3, 4). — Gegen die Annahme von spiegelnden Krystalltafeln sprechen vor Allem die Grösse und die gerundeten Formen der spiegelnden Flächen. Wenn dieselben sich, mit mehrfachen Biegungen, über mehr als 20 Quadratmillim. hinziehen (1), so sollte man doch in so grossen Krystalltafeln Andeutungen der Spaltungsrichtungen erwarten dürfen (Glimmer, Hornblende, Gyps, Schwerspath), ebenso, da alle Grössen zwischen 5 und 0·01 Mm. vertreten sind, Andeutungen von Krystallkanten. Statt dessen sieht man Figuren, die mit Sprungflächen von Obsidian Ähnlichkeit haben (Fig. 2, 3, 4) und rundliche, schuppenartig geordnete Lappen (Fig. 2 *b*, 3 *c*,) wie in einem rissig gewordenen Ölfarbenanstrich. Im auffallenden Licht sind die dunklen Linien zwischen den Schuppen viel breiter, als im durchfallenden Lichte, zugleich auch verwaschen, so dass man da, wo durchfallendes Licht eine Menge reihenweis hintereinander liegender feiner Bögen zeigt, im auffallenden Lichte nur ein undeutliches, schwach schattirtes Netzwerk sieht. Verwendet man aber schwache, scharfe Vergrösserungen (einfaches Mikroskop mit 6facher Vergröss.), so kann man das Präparat so weit neigen, dass die leuchtenden Schuppen beinahe verschwinden, und nun erscheint statt des dunklen ein helles Netzwerk v o n n a h e z u d e r s e l b e n F a r b e, w e l c h e v o r h e r d i e S c h u p p e n z e i g t e n, und man sieht deutlich, was man auch aus der beträchtlichen Neigung des Objectes schliessen konnte, dass man es mit Blättchen zu thun hat, die gegen den Rand hin, b e i g l e i c h b l e i b e n d e r D i c k e, s t a r k g e k r ü m m t s i n d. Dasselbe bemerkt man am Rande der grösseren glänzenden Flächen, und sieht an vielen Stellen Anfänge von Schuppenbildung, wo bei der gewöhnlichen Beobachtungsweise glatte Flächen zu sein schienen. Hin und wieder zeigt die farbengebende Schicht sogar spiralige Aufrollung, als ob sie stellenweise von ihrer Unterlage abgetrennt und eingeschrumpft wäre. Offenbar können diese Erscheinungen nicht durch Sprünge in der Opalmasse hervorgebracht werden; irisirende Sprünge sind zwar im Edelopal gar nicht selten (*sp*, Fig. 2), machen sich aber sogleich durch streifige, ihrer Begrenzung parallele Anordnung der Farben kenntlich, sowie durch die starke Beimischung von weissem Licht. Wird der Einfalls-

winkel ein wenig vergrössert, so verschwindet die Färbung ganz,
weil nun, in Folge der grossen Differenz zwischen den Brechungsexponenten von Opal und Luft, totale Reflexion an der oberen
Fläche des Sprunges eintritt. Die dünnen Glashäutchen, welche
man erhält, wenn eine am einen Ende zugeschmolzene dünne
Röhre möglichst rasch bis zum Zerplatzen aufgeblasen wird,
verhalten sich, in Luft betrachtet, ähnlich; auch unter Wasser
kann bei kleinen Einfallswinkeln ein beträchtlicher Intensitäts-
unterschied der interferirenden Strahlen vorhanden sein, ganz
farbloser Glanz ist aber in beiden Fällen nicht möglich, weil die
ihn hervorbringende totale Reflexion an der untern Fläche des
Glashäutchens stattfinden müsste und folglich der Austritt des
reflectirten Strahles nach oben bei paralleler Lage der Flächen
nur durch Krümmung derselben erzielt werden könnte, welche
zugleich durch die starke Divergenz der Strahlen die Intensität
des Lichtes vermindern würde. Überdies wird schon an der oberen
Fläche ein Theil des Lichtes reflectirt, und der Grenzwerth des
Brechungswinkels ist für Glas und Wasser so gross (über 60°),
dass in den meisten Fällen das total reflectirte Licht beim Übergange
aus dem Wasser in die Luft eine zweite totale Spiegelung erleiden
wird. In noch höherem Maasse ist dies zu erwarten, wenn die
Glashäutchen in ein Gemisch von Dextrinlösung und Glycerin
eingerührt werden, dessen Brechungsexponent dem des Fluss-
spaths nahezu gleich ist, und es wird auch in der That hierdurch
die Interferenz zu einer nahezu vollständigen gemacht. Die
Farben, welche ein solches Präparat zeigt, haben viele Ähnlichkeit mit denen des Edelopals, sie erscheinen erst, wenn der
Einfallswinkel gegen 50° beträgt, enthalten wenig weisses Licht
und verschwinden bei wenig (etwa um 15°) vergrössertem Einfallswinkel, alles wie im Edelopal, so dass man ohne grossen
Fehler die Differenz zwischen dem Brechungsexponenten der
Grundmasse und dem der spiegelnden Schichten gleich der
zwischen den Brechungsexponenten des Glases und des Fluss-
spaths = 0·1 annehmen darf [1]. Es scheint auch, als ob die
Menge des weissen Lichtes in den Interferenzfarben des Edelopals

---

[1] Brechungsexponent des Glases = 1·534, des Flusspaths = 1·436,
Müller-Pouillet, I, 444.

mit dem Sinken der Farbe, also bei Verkleinerung des Einfallswinkels, zunähme, woraus folgen würde, dass der Brechungsexponent der spiegelnden Lamellen der grössere ist, doch ist der
von mir zur Analysirung der Interferenzfarben benutzte Apparat
(ein Spalt von 0·5 Mm. bis 1 Mm. über dem Ocular und ein
Crownglasprisma von 45° brechendem Winkel) zu unvoll-
kommen, um hierüber zu entscheiden. Wenn der Brechungsexponent der Grundmasse der grössere ist, so muss der Vergrösserung des Einfallswinkels (dem Steigen der Farbe) eine
Zunahme des weissen Lichtes entsprechen, es kann totale
Reflexion an der oberen Fläche der Lamellen eintreten, und ein
Beobachter, dem halbkugelig geschliffene Opale zu Gebote
stehen, muss einzelne Lamellen finden können, die bei grossem
Einfallswinkel (70°) mit farblosem Glanze leuchten.

Die spiegelnden Lamellen sind wahrscheinlich an Ort und
Stelle gebildet, nicht fertig der weichen Opalmasse beigemengt,
sie müssten sonst, wie die Glasflitter in dem Dextringemisch, in
allen möglichen Ebenen liegen, was nicht der Fall ist. Sie sind
ursprünglich wohl alle in horizontaler Lage entstanden, durch
Eintrocknen rissig geworden, wie eine dünne Schicht von recht
flüssigem, besser noch von abgedampftem und mit vielem Terpen-
tinöl versetztem Canadabalsam, endlich durch das von den Rissen
ausgehende Erhärten der unter ihnen befindlichen Grundmasse
gekrümmt und aus ihrer Lage gebracht worden. Später, nachdem
sie ganz von der Grundmasse eingehüllt waren, erfolgten durch
die Contraction derselben noch beträchtliche Verschiebungen und
Einknickungen, vielleicht auch Zerbrechungen (4, 6) der dünnen
Blättchen. Dass eine nach verschiedenen Richtungen ungleich
starke Contraction das Erhärten des Edelopals, ebenso, wie das
des Hyalits begleitet haben muss, beweisen die vielen Sprünge,
welche zum Theil schon bei seiner Auffindung vorhanden, noch
zahlreicher werden, wenn er einige Tage der Luft ausgesetzt
gewesen ist, noch mehr aber seine starke Doppelbrechung. Alle
von mir untersuchten Edelopale waren doppelt brechend und
zwar in weit höherem Grade als die Hyalite, woraus folgen
dürfte, dass sie am schnellsten unter allen Opalen erhärtet sind.
Schliffe von 0·3 Mm. (7) und selbst von 0·1 Mm. (4) Dicke zeigen
zwischen gekreuzten Nicols die Farben zweiter Ordnung bis zum

Gelb, ihre Doppelbrechung ist also stärker als die des Glimmers[1], ein Präparat von 1 Mm. Dicke (2) und eins von 0·8 Mm. geben Orange zweiter Ordnung, eins von 1·5 Mm. (1) Blau dritter Ordnung, ihre Doppelbrechung ist also um das fünf- und sechsfache schwächer als die von Nr. 4. Trotz der stärkeren Doppelbrechung sind die Polarisationserscheinungen des Edelopals doch lange nicht so deutlich, wie die des Hyalits; die Ränder der farbigen Flecke verschwimmen in einem ziemlich hellen blaugrauen Grunde (6, 8), oder es ist gar kein Grund von unbestimmter Farbe vorhanden und die Farben gehen an den Rändern in einander über. Man muss, um deutliche Bilder zu erhalten, das Licht durch eine Beleuchtungslinse über dem polarisirenden Nicol concentriren und dieselbe so weit senken, dass nur ein Theil des Gesichtsfeldes, dieser aber auch möglichst intensiv beleuchtet ist.

Schon bei flüchtiger Vergleichung muss die Übereinstimmung der im gewöhnlichen und im polarisirten Lichte entstehenden Figuren (Fig. 10, 11) auffallen und im Verein mit dem Umstande, dass gerade die Opale, welche im gewöhnlichen durchfallenden Lichte die besten Bilder geben, auch am deutlichsten polarisiren, die Frage nahe legen, ob nicht die Doppelbrechung an den Erscheinungen, welche der Edelopal im gewöhnlichen Lichte bietet, Antheil habe? Die Untersuchung zeigt, dass bei durchfallendem Lichte dieser Antheil gar nicht unerheblich, bei auffallendem Lichte dagegen unbedeutend ist. Wenn das Mikroskop umgelegt und nach Beseitigung des Spiegels, der ja theilweise polarisirtes Licht liefert, das durchfallende Licht einer weissen Wolke für die Beobachtung benützt wird, so werden die Farben viel matter und verschwinden an manchen Stellen fast ganz; beobachtet man bei senkrechter Stellung des Instruments, so lässt sich durch einen Nicol über dem Spiegel die Färbung an manchen Stellen verändern. Ist das Präparat so orientirt, dass die fraglichen Stellen (z. B. *m*, Fig. 10) ohne den polarisirenden Nicol die lebhafteste Färbung zeigen, so wird dieselbe verstärkt, wenn der Hauptschnitt des eingeschobenen Nicols senkrecht zur Reflexionsebene des Spiegels ist, sie wird aufgehoben und in die

---

[1] Dicke des Glimmers für Gelb 2 Ordn. = 0·19 Mm. vergl. Dippel, Mikrosk. I, 420, 421.

complementäre verwandelt, wenn der Nicol um 90° gedreht, also seine Polarisationsebene senkrecht zu der des Spiegels gemacht wird. An diesen Stellen spielt also eins der oben besprochenen reflectirenden Blättchen die Rolle des Analyseurs (einer Glasplattensäule), die darunter liegende, doppelt brechende Opalmasse die Rolle des Gypsplättchens im Nörrenberg'schen Polarisationsapparat; an andern Stellen kann es, je nachdem der Nicol über den Spiegel oder über das Ocular gesetzt wird, bald als Analyseur, bald als Polarisator wirken. Selten findet man Stellen, wo der Edelopal einen vollständigen kleinen Polarisationsapparat vorstellt (3), ebenso trifft es sich selten, dass durch Drehung eines polarisirenden Nicols die ursprüngliche Färbung zum völligen Verschwinden gebracht werden kann, gewöhnlich treten Polarisationsfarbe und Newton'sche Farbe zusammen auf, und zwar so, dass letztere vorherrscht. Nun verleiht auffallendes Licht den Newton'schen Farben mehr Lebhaftigkeit als durchfallendes, somit müssen im auffallenden Lichte die Polarisationsfarben noch mehr zurücktreten. Durch Neigung der Präparate lassen sich ihre Polarisationsfarben stark verändern, von Blauviolett 3. Ordn. bis Grau 1. Ordn. (1), dabei stellt sich heraus, dass der Edelopal optisch zweiaxig ist, dass die Axen an verschiedenen Stellen, zumal da, wo gewöhnliches Licht schuppige Zeichnungen hervorruft (Fig. 6 *b*, 7 *c*), sehr verschiedene Richtungen haben, auch nicht immer gleiche Winkel einschliessen. Weil der Winkel, den die Axen mit einander machen, sehr gross ist (an 60°), und jedem Risse in den spiegelnden Lagen eine doppelt brechende Partie mit anderer Axenrichtung entspricht, erhält man oft nur Farbenänderungen durch das Neigen und Drehen des Präparates bei fast gleichbleibender Helligkeit.

Durch die allgemein verbreitete Eigenschaft der Doppelbrechung ihrer amorphen Masse und das häufige Vorkommen lamellarer Structur schliessen sich den Edelopalen die Hyalite an, welche andererseits durch Aufnahme fremdartiger Einschlüsse einen Übergang zu den gemengten Opalen machen. Alle Hyalite zeigen doppelte Brechung; lamellare, zwiebelähnliche Structur dagegen nur diejenigen farblosen Varietäten, welche, wie die typischen Hyalite von Waltsch und Bohunitz, kleintraubige dünne Rinden auf anderen (basaltischen und trachytischen) Gesteinen bilden. In den Dünnschliffen solcher Hyalite, deren Dicke bei ihrer grossen Durchsichtigkeit 1 Mm. und darüber betragen darf, sieht man, bei etwas excentrischer Spiegelstellung schon mittelst zwanzigfacher Vergrösserung Systeme von concentrischen Kreisabschnitten, welche, eben so wie die weniger regelmässigen und weniger deutlichen concentrischen Linien der Perlitschliffe, Durchschnitten von schalig gebauten Sphäroiden angehören. Stärkere Vergrösserungen lassen zwischen den stärkeren feinere und blassere Linien auftreten, hie und da auch kleine, langgestreckte, optisch negative Krystalle des quadratischen Systems von 0·013 bis 0·046 Mm. Länge und 0·003 bis 0·006 Mm. Dicke[1]), die theils einzeln längs den dunklen Linien verstreut, theils zu radförmigen und kugelichen Aggregaten von 0·019 bis 0·068 Mm. Durchm. verbunden sind (Fig. 13). Die Breite der dunklen Linien schwankt zwischen 0·0005 und 0·002, die der hellen Streifen, welche nahezu der Dicke der concentrischen Lamellen entsprechen wird, zwischen 0·0014 und 0·029 Mm. Die Mitte des Streifensystems nimmt oftmals ein rundliches Gesteinsstückchen (Hyalit von Waltsch, von Bohunitz), bisweilen ein Luftbläschen (Bohunitz) ein. Wenn das Gesteinsstückchen von länglicher Form ist, so wird das zugehörige Streifensystem elliptisch oder oval, ja es kann vorkommen, dass sich um ein stark ausgezacktes Stückchen ein Complex von Systemen mit einspringenden Winkeln und mehreren Mittelpunkten bildet (Bohunitz.) Viele Streifensysteme lassen keinen eingeschlossenen fremden Körper erkennen, in diesem Falle hört aber auch die Streifung in einiger Entfernung vom Mittelpunkte auf, was zu der Annahme führt, dass man es mit excentrischen Durchschnitten von Kugeln zu thun habe, deren Mittelpunkt ausserhalb des Schliffes lag. Die Mehrzahl der Streifensysteme ist unvollständig, entweder begrenzen sie sich unter einander, wobei niemals eine Kreuzung zweier Systeme stattfindet; eine Verbindung zu einem fortlaufenden Complex nur in dem einen schon erwähnten Falle, oder sie lehnen sich mit der

---

[1] Vielleicht Vesuvian. Vergl. Kenngott, Min. Not. XIII, 23. Oder Skolezit, dessen Winkel nur wenig von 90° abweichen.

offenen Seite an streifenfreie Opalmasse an, welche die Kugelstücke verkittet, und die Streifen werden allmählig ausgelöscht, ein paar Mal sah ich sie jedoch plötzlich und unregelmässig abbrechen. Im Hyalit von Bohunitz herrschen die concentrischschaligen Kugelstücke vor, in mehreren Hyaliten von Waltsch hat die streifenfreie Masse das Übergewicht, einige (von Waltsch, von Frankfurt, der kleinkörnige Hyalit vom Kaiserstuhl) zeigen nur vereinzelte Streifen, die so fein sind, dass man erst nach längerem Suchen etwas von ihnen wahrnimmt und in zwei Präparaten des Hyalits von Waltsch kann ich gar keine Streifung entdecken, auch nicht mit einem Immersionssystem, welches die Streifung von *Grammatophora subtilissima* mit Leichtigkeit zeigt.

In der streifenfreien Masse einiger Hyalite von Waltsch stecken hin und wieder büschelförmige Aggregate klinorhombischer, im Querschnitt sechsseitiger Säulchen von 0·2—0·3 Mm. Länge, welche den im Chalcedon vorkommenden (Fig. 24) sehr ähnlich sind, ferner sitzen auf den zahlreichen Sprüngen dieselben quadratischen Prismen, welche in den Lamellen der Kugeln vertheilt sind. Da, wo Sprünge plötzlich umbiegen, oder sich verästeln, schliessen sie ziemlich grosse, in die Länge gezogene Luftblasen ein (Länge 0·825, 0·750, 0·165, Breite 0·225, 0·160, 0·060 Mm.), ein Beweis dafür, dass hier eine beträchliche Erweiterung der später zum Theil wieder ausgefüllten Sprünge muss stattgefunden haben, zu einer Zeit, wo die äusseren Schichten schon erhärtet waren.

Die Doppelbrechung des Hyalits ist viel schwächer als die des Edelopals, so dass sich die Farben, bei 0·5 Mm. Dicke der Plättchen, nicht über das Roth erster Ordnung erheben, und gewöhnlich das Blassgelb erster Ordnung (Hellblau zwischen parallelen Nicols) die höchste Farbe ist, dafür ist aber die Erhellung des Gesichtsfeldes und die Differenz von Licht und Schatten so viel grösser. Da wo im gewöhnlichen Lichte concentrische Kreisbögen erschienen, sieht man zwischen gekreuzten Nicols schwarze, richtiger schwarzblaue Kreuze, deren ziemlich breite Arme in den Schwingungsebenen der Nicols liegen, und durch Blaugrau allmählig in das Weiss der unter 45° liegenden hellen Quadranten übergehen (Fig. 12). Vollständige Kreuze sind selten, weil die Doppelbrechung des Hyalits von ganz anderer

Art ist, als die von Krystallquerschnitten, wo jeder Punkt, wenn er in die Mitte des Gesichtsfeldes gebracht wird, zum Mittelpunkt des Kreuzes werden kann, wo also durch Verkleinerung oder partielles Zudecken der Krystallplatte das Kreuz wohl verkleinert, aber nicht verstümmelt wird, während von den Kreuzen der Hyalit- und Chalcedonkugeln durch Zudecken beliebige Stücke abgeschnitten werden können, ohne dass die übrigbleibenden ihre Grösse und Lage ändern, wenn man sie auch mit sich selbst parallel auf dem Objecttische verschiebt. Daraus folgt, dass die optische Axe durch den Mittelpunkt der Kugel geht, und für die radialfaserigen Chalcedonkugeln scheint das in der That in jeder Lage der Kugeln der Fall zu sein, während in den Hyalitkugeln, wenn sie um eine, der Schliffebene parallele Axe gedreht werden, Verschiebungen der Kreuze eintreten. Liegt das Präparat während der Drehung so, dass es die der natürlichen Oberfläche entsprechende Seite nach oben kehrt, so verschiebt sich der Mittelpunkt der Kreuze gegen die gehobene Kante des Präparats, die ihr zugewendeten Kreuzesarme werden verkürzt, die gesenkten verlängert und in den gesenkten hellen Quadranten steigt die Interferenzfarbe, ist dagegen die Seite, welche auf dem Muttergestein aufsass, nach oben gewendet, so bewirkt eine Neigung des Präparats, dass die beschriebenen Veränderungen in dem mikroskopischen Bilde auftreten, dass also in Wirklichkeit die Kreuzesmittelpunkte sich der gesenkten Kante nähern, und die Farbe in den gehobenen Quadranten steigt. Wenn das horizontal liegende Präparat um eine verticale Axe gedreht wird, so bleibt ein Theil der Kreuze unverändert, andere krümmen ihre Arme oder nehmen die Form eines X an, zum Theile zerfallen sie auch in je zwei Hyperbeläste, die sich nur wenig von einander entfernen. Die Hyalitkugeln sind also zum Theil optisch zweiaxig, der Winkel, den die Axen miteinander machen, ist klein, endlich sind sie, wie die Vergleichung der nach Einschaltung eines Gypsblättchens auftretenden Additions- und Subtractionsfarben mit denen lehrt, welche unter gleichen Umständen die nach M. Schultze optisch positiven Stärkekörner zeigen, negativ, mit Ausnahme von ein paar Kugeln, deren Mittelpunkt von einer Luftblase eingenommen wird.

Die von M. Schultze, dem Entdecker der Polarisationserscheinungen im Hyalit, ausgesprochene Ansicht, dieselben
seien eine Folge seiner lamellaren Structur, eine Ansicht, die
von Des-Cloizeaux auf eine grössere Zahl von Mineralien ange-
wendet worden ist [1]), scheint nach dem
Obigen einer Berichtigung zu bedürfen.
Allerdings wird die Polarisation durch
einfache Brechung in Körpern von con-
centrisch-lamellarer Zusammensetzung
zwischen gekreuzten Nicols das dunkle
Kreuz hervorbringen können, aber, ohne
dass dabei Interferenzen thätig sind. Es
stelle $abcd$ den centralen Horizontal-
schnitt einer Lamelle, ab die Schwingungsrichtung des unteren, cd die des oberen Nicols dar,
im Punkte z, um den Winkel $aoz = \varphi$ von ab entfernt,
treffe ein polarisirter Strahl ein, dessen Schwingungsrichtung
und Schwingungsweite $= ls$ sein möge, so wird derselbe in
einen der Normale von z parallel und einen darauf senkrecht schwingenden Strahl zerlegt, von denen der erstere ps,
durchgelassen, der andere, lp, reflectirt wird. Nun ist ps
$= ls . \cos \varphi$, $lp = ls$. folglich, wenn die Intensität des benutzten
Lichtes $= i$, die Intensität des durchgelassenen $= ki \cos^2\varphi$,
wobei der Werth von k vom Einfallswinkel abhängt, sich also
auch für dis excentrischen Schnitte ändert. Für $\varphi = 0$ ist die
Intensität des durchgelassenen Lichtes ein Maximum, für $\varphi = 90°$
und $270°$ wird sie $= 0$, es müsste also, weil von dem stark
divergenten reflectirten Lichte wenig ins Auge gelangt, in der
Polarisationsebene des untern Nicols, ohne Anwendung eines
Analyseurs, ein dunkler Streif erscheinen, der nach beiden Seiten
sich allmählig aufhellt. Wird ein analysirender Nicol aufgesetzt,
so tritt abermals eine Zerlegung ein, es wird nur die mit cd
parallele Componente der Schwingungen, $ls . \cos \varphi \sin \varphi$ durchgelassen, die Intensität des Lichtes ist nunmehr proportional der
Function $\cos^2\varphi . \sin^2\varphi$, sie wird Null für $\varphi = 0, 90, 180, 270°$
und erreicht ihr Maximum $45°$ rechts und links von diesen Grenz-

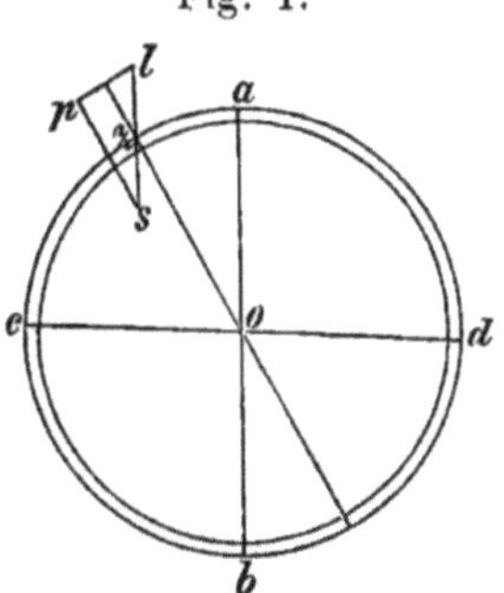

Fig. 1.

---

1 Naumann, Elem. d. Mineral. 7. Aufl., S. 115 und 204.

werthen. Man hat also ein dunkles Kreuz, dessen Mittelpunkt in jeder Lage der Kugel mit ihrem Centrum zusammenfallen wird, dessen helle Quadranten keine Interferenzfarben zeigen können, weil die ganze Erscheinung nur von einfach gebrochenem Lichte bedingt ist, das endlich bei Entfernung des Analyseurs nur zur Hälfte verschwinden darf. — Das Intensitätsverhältniss der senkrecht zu einander polarisirten Strahlen, welche ein sphärisches Krystallaggregat mit radialen optischen Axen liefert, ist, weil der eine Strahl radial, der andere tangential schwingt, wieder das von $\cos^2\varphi : \sin^2\varphi$, hier werden aber beide durchgelassen, es erscheinen also erst nach dem Aufsetzen des Analyseurs die dunklen Kreuzarme und gleichzeitig in den hellen Quadranten, weil der eine Strahl stärkere Brechung erlitten hat, Interferenzfarben. Dennoch ist keine vollständige Analogie mit der Polarisation der Hyalitkugeln vorhanden, es ist auch hier der Mittelpunkt der Kugel in jeder Lage derselben zugleich Mittelpunkt des Kreuzes. Am besten stimmen diejenigen Polarisationserscheinungen mit denen des Hyalits überein, welche sich in amorphen isotropen Körpern einstellen, sobald in denselben durch einseitigen Druck oder Contraction Elasticitätsdifferenzen hervorgerufen werden. Lässt man auf dem Objectträger Tropfen eines dicken Dextrinschleimes von 1—5 Mm. Durchmesser bei gewöhnlicher Temperatur eintrocknen, so zeigt sich an den kleineren meist gar keine, an den grösseren nur schwache Doppelbrechung, während grössere Massen dabei stark doppeltbrechend werden (Scheiben aus käuflichen Dextrinstücken). Comprimirt man einen langsam eingetrockneten Tropfen mittelst eines dicken Deckglases und zweier Holzstäbchen, so zeigt es das Kreuz mit negativer Farbenstellung; ein Druck von etwa 2 Kgr. steigerte an einem 3 Mm. breiten Tropfen die Farbe im negativen Quadranten von Rothviolett auf Gelbgrün. Wenn im Dextrin feste rundliche Körperchen eingeschlossen sind, etwa Kolophoniumkügelchen, die man leicht erhält, wenn ein mit Kolophonium bestäubter Objectträger durch die Spiritusflamme gezogen wird, so erscheint bei der Compression um jedes Kügelchen ein negatives Kreuz, und dasselbe zeigen ohne Compression Scheiben von Bernstein oder grösseren Dextrinstücken, wenn dieselben fremde Körperchen einschliessen; dabei erscheint, wenn die Körperchen annähernd oval sind, nur in zwei Lagen das Kreuz, in jeder anderen die hyperbolischen Büschel zweiaxiger Krystalle. Bernsteinscheiben und Dextrintropfen, welche Luftblasen enthalten, geben positive Farbenstellung, jede Luftblase wird zum Centrum eines Kreuzes, und es hängt nur von der sphärischen oder ellipsoidischen Form der Blase ab, ob die Polarisationserscheinung der eines einaxigen oder eines zweiaxigen Krystalls entsprechen soll. Auch die Verschiebbarkeit durch Neigen findet sich bei den Polarisationskreuzen des Dextrins und Bernsteins, um dieselbe aber möglichst vollständig zu studiren, benutzt man besser ein aus einem dünnen Glasfaden verfertigtes Kügelchen von 2—3 Mm. Durchmesser, welches mit dem Löthrohr in einem Kohlengrübchen vollends rund geschmolzen und zwischen zwei Objectträgern in zähen Canadabalsam gelegt wird, nachdem vorher in die Ecken des einen Objectträgers Korkstückchen von gleicher Dicke mit dem Glaskügelchen geklebt sind. Wenn nun die Enden der Objectträger mit starkem Bindfaden, unter den man ein paar starke Drahtstifte legt, umwickelt werden, so kann man mittelst der Stifte das Präparat bequem neigen und zugleich den Druck auf das Glaskügelchen beliebig steigern. So lange das Präparat horizontal, die Richtung des Druckes also vertical ist, sieht man ein Kreuz, dessen Arme sich im Mittelpunkt der Kugel schneiden, sobald aber durch Hebung der einen Kante die Richtung des Druckes aus der Verticalen gebracht wird, sieht man statt eines Kreuzes zwei, von denen das eine sich gegen die gehobene, das andere, ihm congruente, sich gegen die gesenkte Kante verschiebt. Dabei sind beide nicht gleich deutlich; dasjenige Kreuz, welches sich der gesenkten Kante (im Bilde der gehobenen) nähert, liegt höher, als das andere, und zwar ist die verticale Distanz beider um so grösser, je kleiner der Winkel zwischen der Richtung des Druckes und der Axe des Mikroskops (der Verticalen) ist. Wächst dieser Winkel, so nimmt die verticale Distanz der Kreuze schnell ab, sie entfernen sich von einander in horizontaler Ebene und werden zugleich kleiner und weniger dunkel.

Daraus, dass die Polarisationskreuze in der gepressten Glaskugel sowohl, als auch im Bernstein, im Dextin und in den Hyalitkugeln, eben so gut, ja vielleicht noch etwas deutlicher durch paralleles Licht hervorgebracht werden, als wenn dasselbe durch den Hohlspiegel und eine über dem polarisirenden Nicol angebrachte Beleuchtungslinse convergent gemacht ist, folgt, dass in diesen Körpern nicht von einer optischen Axe die Rede sein kann, welcher die Axen aller einzelnen doppeltbrechenden Elemente (Elementaraxen) parallel wären (vgl. S. 546), sondern dass die Elementaraxen gegen eine Mittellinie, die zugleich die Axe der grössten oder kleinsten Elasticität ist, convergiren. Unter dieser Voraussetzung wird man dunkle Linien da erwarten können, wo die Elementaraxen in einer durch die Schwingungsrichtung und die Fortpflanzungsrichtung des einfallenden Strahles gelegten, bei gewöhnlicher Stellung des Mikroskops also verticalen, dem Hauptschnitt des Polarisators parallelen Ebene liegen oder dieselbe rechtwinklich schneiden, und der Durchschnittspunkt der dunklen Linien wird in diejenige Elementaraxe fallen, welche gerade mit der Mikroskopaxe parallel ist.

Wenn nun die Elementaraxen nach dem Mittelpunkte einer doppeltbrechenden Kugel convergiren, so wird in der Mittellamelle derselben keine Verschiebung des Durchschnittspunktes der dunklen Linien möglich sein, wohl aber in solchen, welche durch excentrische Schnitte gewonnen sind, und zwar wird die Verschiebung nach der gehobenen Seite stattfinden, wenn der Mittelpunkt der Lamelle über, nach der gesenkten, wenn er unter dem Mittelpunkte der Kugel liegt, niemals können aber zwei Kreuze gleichzeitig auftreten. Um dies Auftreten zweier Kreuze und die damit zusammenhängenden Erscheinungen zu erklären, müssen wir annehmen, dass die Elementaraxen nach den gepressten Punkten der Kugeloberfläche convergiren, was auch aus dem Grunde wahrscheinlich ist, weil sich der Druck in Richtungen verbreiten wird, welche durch die von jenen Punkten ausgehenden Sehnen grösster Kreise gegeben sind. So ergibt sich für einen durch die gepressten Punkte gehenden Durchschnitt der Mittellamelle das beistehende Schema, in welchem *a b* der Mikroskopaxe, *d e* der Schwingungsrichtung des einfallenden

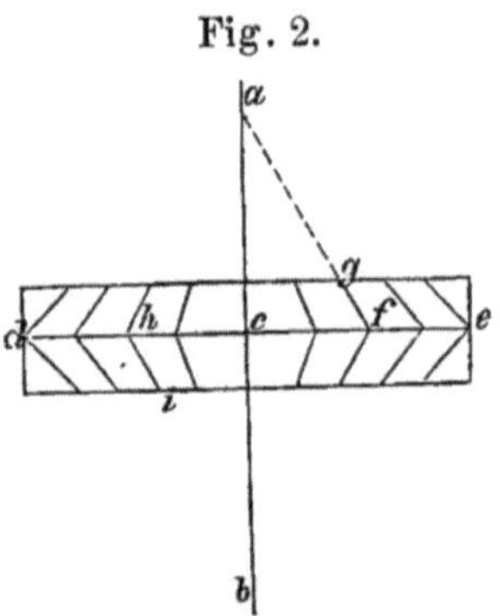

Fig. 2.

Lichtes parallel sein soll. Alsdann ist $d\,h\,c\,f\,e$ der eine dunkle Streif, der andere geht senkrecht zur Ebene des Papiers durch c. Wenn aber das System um den Winkel $c\,a\,f$ geneigt wird, so werden zugleich $f\,g$ und $h\,i$ der Mikroskopaxe parallel; es bilden sich zwei Kreuze, und es bewegt sich das Kreuz des aufrechtstehenden Axenkegels gegen die gesenkte, das des umgekehrten gegen die gehobene Kante. Eben so leicht ist einzusehen, dass das erstere Kreuz höher liegen muss und dass die verticale Distanz um so mehr abnimmt, je mehr d gehoben und e gesenkt wird. Jeder excentrische Schnitt wird nur ein Kreuz geben, welches sich gegen die gehobene oder gegen die gesenkte Kante verschiebt, je nachdem die eine oder die andere Schnittfläche nach oben gekehrt ist. Darnach haben wir im Hyalit Analoga von gepressten Halbkugeln oder noch kleineren Kugelabschnitten, und die unvollständigen Streifensysteme (S. 545) gehören schiefliegenden Sphäroidabschnitten an. Den ersten Anstoss zur Bildung der Sphäroidalabschnitte im Hyalit gaben vermuthlich Unebenheiten der Unterlage, zum Theil wohl auch freiwillige Zerklüftung der zuerst abgelagerten Schichten, die sich in den folgenden an denselben Stellen wiederholte. Wenn die in dünner Schicht auf der Unterlage ausgebreitete und daran haftende Masse nach dem Festwerden noch eine erhebliche Contraction erlitt, so konnte die Contraction nur in senkrechter Richtung gegen die Unterlage ungehindert vor sich gehen, und damit war die Ursache sowohl für die Zerklüftung als auch für die Doppelbrechung gegeben. Da die Richtung der von dem höchsten Punkte gegen den Umfang der Basis der Sphäroidabschnitte abnehmenden Contraction zugleich die Richtung der Elementaraxen ist, und dieselbe als normal zur Oberfläche gedacht werden muss, ergibt sich in Übereinstimmung mit der Beobachtung (S. 544) ein gegen die Oberfläche divergirendes Axensystem: die Hyalitsphäroide entsprechen der unteren Hälfte der eben besprochenen Glaskugel. Somit wäre die Erscheinung der Polarisationskreuze in den Späroiden des Hyalits erklärt, und in Betreff der Kreuze, welche hin und wieder in streifenfreier Masse sich finden, kann ich auf S. 546 zurückverweisen. Dieselbe Wirkung, wie fremdartige Einschlüsse, üben die Hyalitsphäroide auf die umgebende Hyalitmasse aus.

Bei passender Stellung des Analyseurs kann man in den Sphäroiden gleichzeitig die mittlere Partie des Kreuzes und die Schichtung sehen; nach dieser Methode wurde der Durchmesser eines der grössten Streifensysteme im Hyalit von Bohunitz zu 1·94, der eines der kleinsten zu 1·12 Mm. bestimmt, hierauf durch eine kleine Drehung des Analyseurs die zugehörigen Kreuze auf das Maximum ihrer Grösse gebracht und dieses = 2·27 und 1·30 Mm. gefunden. Ähnliche Kreuze, deren Mitte von einem weissen Kügelchen (Cacholong) eingenommen wird, findet man hin und wieder im Kieselsinter, und schwache Anfänge von Kreuzen auch um viele Quarzsphäroide. In den ungeschichteten Hyalitvarietäten gehören gut ausgebildete Kreuze zu den Seltenheiten, statt ihrer bieten dieselben eine regellose Zusammenstellung von offenen und geschlossenen Curven, von gebrochenen und gezackten Linien, auch kamm- und federähnliche Gebilde (Fig. 14, 15, 16, 17). Diese Art der hyalitischen Polarisation zeigen viele Opale, die gar nicht zum Hyalit gerechnet werden, so mehrere Proben von Kieselsinter (60, 65, 70), von Halbopal (39, 40, 41, 42, 43, 45) und von Milchopal (21, 49, 52, 63). Ein Theil der beschriebenen Polarisationsfiguren wird bei passender Stellung der Präparate in verzerrte Kreuze oder Stücke von Kreuzen verwandelt, die oftmals wegen der ungewöhnlichen Länge der Arme [1], wegen ihrer Krümmung und der spitzen Winkel, unter welchen sie sich schneiden, gar nicht leicht herauszufinden sind. Nahe aneinander liegende Kreuze combiniren sich zu gebrochenen, mit rechtwinklich abstehenden Ästen besetzten Linien (10, Hyalit von Waltsch) oder, wenn die Kreuzarme sehr lang und gekrümmt sind, zu federähnlichen Figuren (21, Milchopal von den Faröern). Für die Mehrzahl der Polarisationsfiguren ist eine Zurückführung auf mangelhaft ausgebildete und in verschiedenen Stellungen combinirte Kreuze nicht möglich, weil sie bei der Drehung der Präparate ein abweichendes Verhalten zeigen. Es sind dunkle Flecke von unbestimmter Form, und

---

[1] In einem Milchopal (49) sind die Halbarme eines Kreuzfragmentes länger als der 4·5 Mm. betragende Durchmesser des Gesichtsfeldes für meine schwächste Vergrösserung; das ganze Kreuz würde also wenigstens 1 Cm. Länge und Breite haben.

dunkle Curven von verschiedener Breite und Krümmung, welche
muschelförmige oder zungenförmige Lichtflecke zwischen sich
lassen. Die dunklen Flecke verändern während der Drehung
weder ihren Ort, noch ihre Form und Grösse, werden auch durch
Neigung des Präparats nicht aufgehellt, gehören also einfach-
brechenden Partien an. Im eigentlichen Hyalit habe ich sie
nicht gefunden; im hyalitischen Milchopalen, welche auf Chalcedon als Überzug von mehreren Centimetern Dicke vorkommen
(Island, Faröer), sind sie in der Nähe der Oberfläche des Milch-
opals häufig, und wie es scheint um so häufiger und grösser,
je dicker der Überzug von Milchopal auf dem Chalcedon war.
Mitunter sind solche Milchopale bis auf 1 Ctm. Tiefe durchaus
einfachbrechend, während in grösserer Tiefe starke hyali-
tische Doppelbrechung sich einstellt. In den Curven lassen
sich zwei Theile unterscheiden: eine gleichförmig dunkle
Mittellinie, welche der Drehung des Präparates folgt (ihren
Ort im Präparate nicht ändert) und niemals ganz verschwindet, und eine oft ausgezeichnet schön abgestufte Schattirung
zu beiden Seiten der Mittellinie, welche während einer vollen
Umdrehung viermal verschwindet, wenn die Mittellinie mit den
Polarisationsebenen Winkel von 45° macht. Bis hieher entspricht
die Mittellinie der Curven dem Mittelpunkte der Kreuze, und wo
Neigung des Präparats dieselbe Verschiebung für beide hervorbringt, wo ferner nach Einschaltung eines verzögernden Plättchens die Schattirung zu beiden Seiten der Mittellinien gleich-
artige Farbe zeigt (Hyalite, einige Halb- und Milchopale), da
lässt sich auf die Entstehungsweise der Curven dasselbe Raison-
nement anwenden, wie auf die der Kreuze: die Curven sind dann
von leistenähnlichen und dachförmigen Unebenheiten der Unterlage des Hyalits abzuleiten; wo aber Systeme von parallelen
Curven auftreten, deren Mittellinien keine Verschiebung gestat-
ten und nach Einschaltung eines verzögernden Plättchens auf
der einen Seite Additions-, auf der andern Subtractionsfarben
zeigen (Milchopale), da muss das Verhalten gebogener Glasstrei-
fen zur Vergleichung herangezogen werden, wenn auch nicht
immer in den trüben Milchopalen die Grenzen der gekrümmten
Schichten im nichtpolarisirten Licht wahrzunehmen sind.

2. Gemengte Opale.

Die Structur der gemengten Opale ist sehr mannigfaltiger
Art, und ihre Besprechung wird noch dadurch erschwert, dass
sie bei der Eintheilung und Benennung derselben fast gar nicht
berücksichtigt ist. Unbestimmte, richtungslose Structur
ist selten, ich fand sie in blassgelbem Wachsopal von Telkibánya
in einem ebendaher stammenden braunen Pechopal, in drei Milchopalen und in einem weissen Menilit von St. Ouen. Sehr häufig
und verbreitet ist die lagenförmige Textur; sie kommt vor
im Pechopal, Halbopal (gemeinem Opal), im Milchopal, im Chalcedon und im Kieselsinter. Die Lagen sind eben (Milchopal von
den Faröern), öfter jedoch gefältelt, wodurch viele Pechopale und
Halbopale für das unbewaffnete Auge Ähnlichkeit mit verkiesel-
tem Holz erhalten. Im Kieselsinter glaubte ich eine noch feinere
Schalenstructur erwarten zu dürfen, als ich sie im Hyalit gefunden hatte, fand aber diese Erwartung nicht bestätigt. Zwei Proben
von dem Kieselsinter des Geisir, die eine ganz dicht, die andere
mehr stänglich und porös, zeigten im Dünnschliff eine farblose
isotrope Opalmasse mit ungleichmässig vertheilten weissen, stau-
bigen Wolken und Flecken, mannigfach gewundenen und geknick-
ten weissen Bändern, ferner gelbe, zum Theil mit farblosem Opal
behöfte Körner und einige farblose, optisch einaxige Krystalle,
von denen ein paar hexagonalen Umriss erkennen liessen.

Von Polirschiefer lassen sich, auch nach Tränkung mit Canadabalsam, nicht wohl Schliffe machen; man zertheilt ihn am
besten durch wiederholtes Aufkochen dünner, durch Spalten
erhaltener Blättchen mit übersättigter Glaubersalzlösung, wobei
die Blättchen von dem krystallisirenden Salz zersprengt werden.
Neben Diatomeenschalen (Polirsch. von Bilin: *Melosira distans;*
Polirsch. vom Habichtswald: *Melosira undulata;* Polirsch. von
Kiskér: diverse Species von *Melosira, Synedra, Navicula*) enthalten die genannten Polirschiefer feinen Staub (Thon?) und
Körnchen von Quarz und Opal. Ein weisser Polirschiefer von
St. Fiora bestand nur aus unregelmässig geformten Körnchen
und Splitterchen von Opal, ebenso eine von daher stammende
Kieselguhr. Eine andere weisse Kieselguhr, von Foissy, bestand

nur aus kugelichen, halbpelluciden, rauhen Opalkörperchen
(Fig. 18), die mit grosser Begierde Farbstoffe absorbirten.

Ebenso veränderlich ist die mikroskopische Zusammensetzung des Schwimmkiesels und des ihm nahe verwandten Me-
nilits. Ein Schwimmkiesel von St. Ouen, 1868 von Dr. Krantz
bezogen, bestand aus einer losen, kreideähnlichen, hydrophanhaltigen Kieselmasse, mit festeren, fast farblosen Körnern und
Streifen von Opalmasse durchwachsen, und war fast ganz frei
von Quarz- und Kalkkörnchen, sowie von Diatomeen und Rhizo-
podenresten. Ein anderer Schwimmkiesel von St. Ouen, den ich
zwei Jahre später durch Prof. Zirkel erhielt, hatte im Handstück
dasselbe kreidige Ansehen, der Dünnschliff zeigte aber viel mehr
Zusammenhalt und Durchsichtigkeit. Er enthielt viel kohlensauren Kalk in farblosem Opal und Hydrophan, theils in Form von
Kalkspathkörnchen, theils in den nur unvollständig verkieselten
zahlreichen Bruchstücken von Foraminiferen; ausserdem unregelmässige Quarzkörnchen und Flecken weisser, kieseliger Masse.
Die Menilite von St. Ouen und Menilmontant sind noch dichter,
als der letztgenannte Schwimmkiesel, auch enthalten sie mehr
Quarz. Ein dichter, quarzreicher, weisser Menilit von St. Ouen
war ganz frei von organischen Resten, ein anderer, brauner,
durch Quarz- und Cacholonglagen streifiger, war voll von Fora-
miniferenbruchstücken, ein hellbrauner, stark durchscheinender
Menilit von Menilmontant enthielt keine Foraminiferenreste, dafür
eine unzählige Menge von Radiolariennadeln. Er war ziemlich
porös, nahm im Wasser unter Entwickelung von Luftblasen an
Pellucidität zu, färbte sich aber in Anilinlösung gar nicht.

Im Perlsinter treten neben den impelluciden weissen Wolken
und Flecken des Kieselsinters dergleichen Kugeln und Knollen
auf, die bis zu 1 Ctm. Durchmesser haben und dem Gestein ein
oolithisches Gefüge verleihen. Sie sind von nicht ganz regelmässi-
gem concentrisch-schaligem Bau, aus abwechselnd farblosen und
weissen Lagen gebildet, und wenn sie nicht in farbloser Masse
liegen, doch meistens von einem ziemlich breiten farblosen Hofe
umgeben. Ihre einzelnen Lagen haben sehr ungleiche Dicke,
die aber wegen ihres körnigen Gefüges nicht gut zu messen ist.
Sie zeigen keine Doppelbrechung, dagegen thut dies die Opalmasse in ihrer Nähe. Man sieht Bruchstücke negativer Kreuze

und muschlige Lichtflecke, wie sie beim Hyalit beschrieben
wurden.

Ausser dem Perlsinter besitzt noch eine grosse Zahl von
Halbopalen, Milchopalen und Chalcedonen oolithische, richtiger
wohl: sphärolithische Textur, nur sind die kugelichen Concretionen,
durch welche diese Textur hervorgebracht wird, von mikroskopischer Kleinheit. Jch sah dieselben zuerst in einem von Dr. K r a n t z
erhaltenen isländischen Cacholong, in dessen Dünnschliff man
schon mit blossem Auge Flecke von durchsichtigem Quarz bemerkt.
Das Mikroskop zeigt auf der Grenze von Quarz und Cacholong
concentrisch-schalige, radialfaserige, etwas trübe Kugeln von
0·085 bis 0·398 Mm. Durchmesser (ch, Fig. 20) und optisch p o s i t i -
v e m Charakter; ferner etwas kleinere, farblose, radialfaserige
Kugeln, die optisch n e g a t i v sind (qu, Fig. 20), endlich in etwas
grösserer Entfernung vom Quarz kugeliche und ellipsoidische
Körperchen, die zwischen 0·008 und 0·062 Mm. (die ellipsoidischen
zwischen 16 auf 5·4 und 50 auf 25 Mik.) messen. Die dicksten
dieser Körperchen durchsetzen die ganze Dicke des Cacholongs; sie
erscheinen farblos und ziemlich stark doppeltbrechend: sie zeigen
zwischen gekreuzten Nicols Weiss und Blassgelb 1. Ordn. Bei
Anwendung starker Vergrsöserungen nehmen sie ein knolliges,
stumpf gezacktes Ansehen an (Fig. 21).— Bald nachher kam mir
eine Abhandlung von Prof. G. R o s e in die Hand (Separatabdruck
aus den Abhandl. der Berliner Akad. d. Wissensch.), worin derselbe
den T r i d y m i t als häufigen mikroskopischen Gemengtheil schle-
sischer und mährischer Opale angibt. Ich vermuthete sogleich
die Identität dieses Tridymits und der eben beschriebenen Concretionen, die ich schon in mehreren Opalen (von Baumgarten in
Schlesien, von Valecas .in Südamerika) gefunden hatte, nur
machte mich wieder das k u g e l i c h e Ansehen meines Tridymits
zweifelhaft. Die Untersuchung eines von Prof. R o s e als tridymit-
haltig bezeichneten Opals von Kosemütz, den ich durch Vermitte-
lung von Prof. Z i r k e l erhielt, erwies die Richtigkeit der ersten
Vermuthung. Der etwas trübe, gleichsam sandige Schliff (42)
besteht zum grössten Theil aus quarzhaltigem Opal, (starke
Vergrösserungen lassen vielfach die festungsähnlichen Umrisse
winziger Quarzaggregate erkennen) in welchem zahllose klare, rundliche Körperchen von 0·016 bis 0·101 Mm. Durchmesser zerstreut

sind, welche stärkere Doppelbrechung besitzen als die Grundmasse. Bei hoher Tubusstellung werden sie hell leuchtend und bei
excentrischer Spiegelstellung fällt der Schatten im mikroskopischen
Bilde auf die vom Spiegel abgewandte Seite, es sind also sphä-
roidische, wie Convexlinsen wirkende Körper (Dippel, Mikroskop, I, 358). Da ihre Oberfläche zahlreiche Andeutungen von
Krystallecken zeigt (Fig. 19), welche in Grösse und Gestalt den
in der Grundmasse verbreiteten gleichen, halte ich sie für kugel-
ähnliche Concretionen, und will sie im Folgenden der Kürze halber
Sphärolithe nennen. Die Krystallindividuen, aus welchen
diese Art von Sphärolithen zusammengesetzt ist, sind, wie die
Betrachtung von Fig. 22 (Opal von Kosemütz, 40) lehrt, Quarz-
prismen der gewöhnlichen Form, indessen sind so schön ausgebildeten Sphaerolithe selten, gewöhnlich muss man sich damit
begnügen, aus der Härte, der rauhen Oberfläche, dem starken Licht-
brechungsvermögen und der Doppelbrechung einen Schluss auf
die krystallinische Beschaffenheit zu machen. Diese klaren, zackigen Sphärolithe habe ich nur in graulichem oder bläulichem
Halbopal, im Chalcedon und dem daraufsitzenden Cacholong,
so wie in einem blassbraunen durchscheinenden Menilit gefunden;
es ist die vielfache Brechung und Reflexion des Lichtes an den
Sphärolithen, welche der an sich durchsichtigen, stark glänzenden
Masse das matte, etwas milchige Aussehen ertheilt. Die zwischen
den stets regellos zerstreuten Sphärolithen liegende Opalmasse
ist mitunter beinahe ganz frei von Quarz (Opal von Valecas, von
Aurillac); in einem isländischen Chalcedon ist sie durch vollkom-
men undurchsichtigen Cacholong ersetzt, welcher die unbedeuten-
den zackigen Räume zwischen den farblosen, von 0·025 bis 0·050
Mm. messenden Quarzkörnern dieses Chalcedons ausfüllt. Die
Quarzkörner berühren sich an vielen Stellen, der Cacholong hat
sich vielfach davon losgetrennt, so dass zwischen beide der Smirgel
eingedrungen ist. Das Gestein ist sehr hart, fühlt sich rauh an und
eignet sich sehr gut zu Schleifsteinen für feine Stahlwaaren, vermuthlich ist der zu demselben Zweck benutzte sogenannte „Ar-
kansasstein“ auch ein solcher oolithischer Chalcedon, und die von
Fuchs, Gautier und Nöggerath bemerkte Porosität mancher
Chalcedone [1] ist wohl ebenfalls auf oolithische Structur zurück-

---

[1] Zirkel, Petrographie, I, 70.

zuführen. In der reichlich 1 Ctm. dicken Cacholongdecke des beschriebenen Chalcedons, wovon Fig 23 ein kleines Stück darstellt, stecken dieselben Sphärolithe, sie weichen allmälig weiter auseinander, wobei zugleich ihre Grösse bis zu 0·0027 Mm. abnimmt, um in 0·8 Ctm. Abstand vom Chalcedon ganz zu verschwinden.

Viel häufiger, als die oolithischen sind faserige Chalcedone, während dichte, structurlose Stücke gar nicht vorzukommen scheinen. Dicke Stücke von Chalcedon enthalten gewöhnlich Cacholong, der entweder lagenweise damit wechselt, wobei die Chalcedonlagen nach unten zu immer dicker werden, oder eine dicke Lage auf dem Chalcedon bildet. Die faserige Masse des Chalcedons ist gegen den dichten oder sphärolithischen Cacholong scharf abgegrenzt, ihre Fasern sind zu einfachen oder concentrischschaligen Kugelsectoren gruppirt, es kommt aber nicht zur Bildung vollständiger Sphärolithe, auch wird bei Weitem nicht die feine und scharfe Ausbildung der Schalen in den Hyalitsphäroiden erreicht. Der in Fig. 24 dargestellte isländische Chalcedon (63) enthält recht hübsche, aneinander gereihte Kugelhälften, die vielfach durch schöne, von dünnen farblosen Nadeln (Skolezit?) gebildete Sterne noch mehr hervorgehoben werden. Polarisationskreuze erhält man von diesen Kugelsegmenten nicht. Fig. 25 soll die Polarisation des Querschliffes von einem beinahe farblosen Chalcedonstalaktiten veranschaulichen, dessen sternförmig-strahlige Bruchfläche ein schönes Polarisationskreuz erwarten liess, der aber statt dessen eine Menge buntfarbiger Büschel gab. Diese Büschel sind aber zu schmal und zu unregelmässig vertheilt, als dass man ihren optischen Charakter und damit den Bau der zusammensetzenden Quarzfasern bestimmen könnte. Die grossen, farblosen, radialfaserigen, sehr harten Sphärolithe, welche nahe an den Chalcedonbändern des Cacholongs Nr 58 liegen (Fig. 20, *qu*), sind optisch negativ, da nun die Quarzkrystalle zu den positiven gehören, so müssen in diesen Sphärolithen ihre Axen tangentiale Stellung haben, die Fasern sind also in diesem Falle durch eine wiederholte Zwillingsbildung entstanden, und eine der Prismenflächen ist Zwillingsebene [1]. Nahe dabei, auf der

---

[1] Dieselbe Art der Zwillingsbildung findet sich häufig in den Fasern der faserigen Quarzadern von Achaten.

Grenze von Opal und Chalcedon liegen noch grössere, positive Sphärolithe (*ch*, Fig. 20), welche aus abwechselnd härteren und weicheren, um einen der zuerst beschriebenen, 0·01 bis 0·02 Mm. grossen, stark lichtbrechenden Sphärolithe concentrisch gelagerten Schichten bestehen. In einem andern Milchopal (45) gehen auch Hydrophan und farbloser Opal in die Zusammensetzung schaliger Sphärolithe ein. Folgende Messungen mögen als Beispiel für die Zusammensetzung solcher Kugeln dienen:

I. Hydrophanarmer, körniger Kern: 0·069 Mm., hydrophanreiche, klare Zone: 0·016 Mm., hydrophanarmer Faserchalcedon: 0·004 Mm., farbloser Opal: 0·005 Mm.

II. Körniger Hydrophankern: 0·036 Mm., klarer Hydrophan: 0·003 Mm., Cacholong: 0·016 Mm., Chalcedon: 0·006 Mm., Opal: 0·016; dann noch abwechselnd 8 Zonen von Chalcedon und 8 von farblosem Opal, deren Dicke von 0·004 bis 0·001 Mm. abnimmt. So grosse und so complicirte Kugeln kommen nur vereinzelt vor, übrigens ist die Schalenbildung unter den faserigen Sphaerolithen etwas Gewöhnliches.

Der durch seine schönen würfeligen Pseudomorphosen bekannte blass smalteblaue Chalcedon von Trestyan in Siebenbürgen besteht grösstentheils aus faserigen Sphärolithen, die an vielen Stellen dicht an einander gedrängt sind, an anderen eine mässige Quantität stark polarisirender, feinkörniger, trüber Masse zwischen sich lassen. Die Grundmasse ist nicht überall von gleicher Beschaffenheit, es wechseln härtere Partien mit weicheren, weniger durchscheinenden, in dünnen, buckeligen Lagen, welche sich in die Würfel der Oberfläche hineinziehen. Dabei ist jedoch der Unterschied der aufeinander folgenden Lagen gering, die in den isländischen Chalcedonen so sehr weit getriebene Ausscheidung des Cacholongs ist hier in ihren Anfängen stehen geblieben. Die Sphärolithe sind ebenfalls trübe, ziemlich gross (0·016 — 0·086 Mm.), theils einfach, theils aus zwei oder drei concentrischen Lagen zusammengesetzt (Fig. 26), derart, dass der Brechungsexponent der 0·005 — 0·027 Mm. grossen Kerne ebenso, wie der der einfachen Sphärolithe, etwas grösser, der Brechungsexponent der äussersten Hülle etwas kleiner ist als der Brechungsexponent der Grundmasse.

Ausser dem Quarz können noch mehrere andere Opalgemeng-
theile sich zu mikroskopischen Sphäroiden zusammenballen. Ein
porzellanähnlicher, harter isländischer Cacholong (44) besteht
zum grössten Theil aus halbpelluciden, im durchfallenden Licht
blassröthlichbraunen, radialfaserigen Sphärolithen, von 0·016 bis
0·029 Mm. Durchmesser, zwischen welchen faseriger, farbloser
Chalcedon in geringer Menge ausgeschieden ist. In Anilinroth
färben sich diese Sphärolithe ziemlich stark; man sieht dann
unter Anwendung starker Vergrösserung zwischen den hochrothen
körnigen Fasern schmale Streifen farbloser Masse. Die Färbung
durchdringt die krystallinische Masse nicht, so dass man in demselben Präparate gefärbte und ungefärbte Sphärolithe findet
(Fig. 27). Dieselbe Structur bietet ein Cacholong von Steinheim
bei Hanau (48), nur ist der Hydrophangehalt der Sphärolithe
grösser, und zugleich sind diese kleiner und von dreierlei Form,
theils einfach, theils aus zwei Lagen gebildet, theils ringförmig.
Die einfachen messen 0·004 bis 0·011, die zusammengesetzten
0·013 bis 0·015, ihre Kerne 0·004 bis 0·006, die ringförmigen
0·007 bis 0·014, ihr innerer Durchmesser 0·002 bis 0·006 Mm.
Sie sind, wie die vorigen, von körnig-faserigem Gefüge, und viel
weicher, als die farblose Grundmasse, so dass sie, ohne Deckglas mit starker Ocularvergrösserung und passender Neigung
des Präparats gegen das auffallende Licht betrachtet, dunkle
kreisrunde Fleckchen in der spiegelnden Schlifffläche bilden.

Ganz ähnliche Dinge sind lagenweise vertheilt in einem isländischen Chalcedon (63) und in einem Milchopal von den Faröern
(46). Der blaugraue Schliff des letzteren zeigt bei schwacher
Vergrösserung bräunlich durchscheinende Streifen von wechseln-
der Pellucidität und Breite, von denen einige durch körniges Ansehen und gleiche Breite (0·2 Mm.) auffallen. Vergrösserungen,
die über 200 hinausgehen, lösen sie in eine einfach brechende,
flockige Grundmasse und in seltsam geformte, einfach brechende
Sphärolithe auf. Die grössten, zwischen 0·018 und 0·022 Mm.
dicken, sind ganz undurchsichtig, ausserordentlich rauh und von
einem flockigen Hofe umgeben, die kleineren haben eine regel-
mässigere Gestalt und zum Theil in der Mitte einen helleren
Fleck. Ringförmige Gebilde von sehr verschiedener Breite (0·004
— 0·014 Mm. äusserem Durchm. und bis 0·004 Mm. im Lichten)

und Dicke sind in grosser Zahl vorhanden, hin und wieder auch
solche, deren Umkreis eine Lücke zeigt (*ur*, Fig. 28). Nach Behandlung mit Anilinroth zeigten viele Sphärolithe einen intensiv
und gleichmässig gefärbten runden Kern, andere hatten statt des
tiefrothen ein blasses Centrum, waren also mit Opalkern ver-
sehen, während von vielen der gezackte Kern farblos geblieben
war. Überall zeigte sich jetzt mit grosser Deutlichkeit, dass die
Sphärolithe als Attractionscentra auf die zerstreuten Hydrophan-
flöckchen gewirkt hatten, sie waren alle von einer zerfaserten
Hülle rother Flöckchen umgeben, die sich, je nach der Grösse
des darin steckenden Sphäroliths, 0·0003 bis 0·0015 Mm. weit
in die umgebende Opalmasse hinein erstreckte.

Der eben besprochene Opal ist besonders interessant, weil
die Aggregation seiner Hydrophanpartikeln in quarzfreier Masse
stattfand und zur Zeit seiner Erhärtung noch nicht vollendet
war; übrigens ist die Verkürzung schiefliegender Ringe zu Ellip-
sen, sowie die Stäbchenform aufrecht stehender viel besser in
der klaren Masse des Chalcedons Nr. 63 zu beobachten. Einfache
Ringe sind in diesem Chalcedon eben so selten, wie massive
Hydrophankugeln, die meisten Gebilde haben einen Kern von
circa 0·005 Mm., auf diesen folgt eine farblose Zone von nahezu
derselben Breite und eine viel schmälere, wohl begrenzte Zone
von Hydrophankörnern. Mitunter sieht man statt des Kerns einen
Ring von demselben Durchmesser, auch ist nicht selten die den
Kern umgebende Zone mit spärlichen Hydrophankörnern ange-
füllt. Zersprengte Ringe kommen gar nicht vor, dafür sind recht
viele in einer, zur Oberfläche des Chalcedons senkrechten Richtung abgeplattet oder gar eingefaltet; sie lassen sich in der
durchsichtigen Grundmasse bei Anwendung starker Objective
von den schief liegenden ganz gut durch Einstellungsänderung
unterscheiden. Wahrscheinlich sind die Ringe durch Abplattung
von Kugeln entstanden, wobei ein Theil der Körnchen sich im
Centrum, ein anderer Theil an der Peripherie zusammenballte.

Viele Opale enthalten traubige, gewöhnlich mit lockeren Ca-
cholongkernen versehene Massen, welche am Rande von Quarzadern und Quarzflecken derart gelagert sind, dass ihre Kugel-
abschnitte in den Quarz hineinragen. Vor denselben liegen oft
isolirte Kugeln mitten im Quarz, zum Theil bedeutend grösser,

als die im Vorhergehenden besprochenen, im gemeinen Opal von
Baumgarten (36) 0·062—0·070, im Halbopal von Steinheim (29)
0·027—0·081, im gemeinen Opal von Kosemütz (41) 0·016 bis
0·039 und 0·108—0·135, in einem als „rother Jaspachat"
bezeichneten Eisenopal von Schlottwitz gar 0·15 Mm. gross. Weil
Nr. 36 und 41 in der Umgebung der Quarzflecke krystallinische
Sphärolithe in quarziger Opalmasse enthalten von 0·04 und
0·025 Mm. Durchmesser, und die grossen Kugeln von 41 offenbar
durch Zusammenfliessen der kleineren, 0·016—0·039 Mm. grossen,
entstanden sind (Fig. 30), hielt ich diese Kugeln und die zugehörigen traubigen Massen anfangs für unvollkommene Formen
der früher beschriebenen geschichteten Chalcedonkugeln. Später
fand ich in den Kugeln des gelben Halbopals von Steinheim
eisenhaltige Kerne, während der Chalcedon niemals durch Eisen
gefärbt ist, und in einem amerikanischen Opal (51) traubige
Partien, die zwischen gekreuzten Nicols ganz verdunkelt
wurden. Nun wurde, weil der Polarisationsapparat für die in
Quarz eingebetteten Kugeln seine Dienste versagt, die Untersuchung polirter Schliffe in auffallendem Licht zu Hülfe genommen, und es ergab sich, dass in den Chalcedonkugeln von 45 und
58 mehrere Zonen, in den Kugeln von 36 und 41 dagegen nur vereinzelte winzige Körnchen von Quarz vorhanden sind (Fig. 30, *b*),
viel weniger, als in der die Quarzflecke umgebenden Masse, aus
welcher die krystallinischen Sphärolithe, wo sie vom Schliff
getroffen waren, mit noch stärkerem Quarzgehalt hervorleuch-
teten. — Aus Opalkugeln sind auch die grünen oder braunen
Schnüre zusammengesetzt, welche in grünem Jaspopal und Jaspis
von Island und Grönland (67, 81) und in braunem „Halbopal"
von Lipschitz (33) Maschen in faserigem Quarz bilden. Alle drei
enthalten mindestens doppelt so viel Quarz als Opal und zeigen
recht deutlich, dass die Kugelbildung von der Opalmasse ausging,
welche bei ihrer Ausscheidung aus dem Quarz die feinen Körnchen
von Grünerde oder Eisenoxydhydrat mit sich fortführte, denn wo
die Opalmasse fehlt — im grünen Jaspis 82 und an mehreren
Stellen von 67, 81 und 33 — sind die grünen und braunen
Körnchen regellos im Quarz zerstreut, der zugleich sein strah-
liges Gefüge einbüsst. In einem farblosen Opal von Valecas (51)
und in einem gelbgrünen Wachsopal von Kaschau sind die dicht-

gedrängten Opalkugeln durch farblose, schwächer brechende Opalmasse verkittet. Die gelben und grünen, im durchfallenden Lichte braungrauen, oft zu knolligen, hyalitisch polarisirenden Massen verwachsenen Kugeln des Wachsopals von Kaschau sind vermuthlich Chloropal, der auch in grösseren Stücken (34) Spuren von sphäroidischer Structur erkennen lässt.

Unter den krystallinischen und faserigen Sphärolithen findet man einzelne solche, deren Polarisationsverhalten und Lichtbrechung mit dem von Opalkugeln übereinstimmt (41, 51, 43, 46). Um entscheiden zu können, ob es incrustirte Opalkugeln oder hohle Sphärolithe sind, müssen sie isolirt werden, was nur einmal an einem grünlichen Opal von Adelaide (43) gelang, der sich in gröblich gepulvertem Zustand rasch unter beträchtlicher Wärmeentwicklung in erwärmter Kalilauge auflöst, eckige, schwarzbraune Stückchen einer in Salzsäure löslichen Eisenverbindung, Fetzen und Kügelchen von Eisenoxydhydrat, Chrysotilfäden, feinen, in Säuren nicht löslichen Staub und Sphärolithe zurücklassend. Einige der letzteren waren schon durchs Pulverisiren zersprengt, andere zersprangen, als mit einer Nadel auf das Deckglas gedrückt wurde, zu uhrglasähnlichen Stücken, ohne einen Kern entdecken zu lassen, während die deutlich polarisirenden einen bis zum Zerspringen des Deckglases gesteigerten Druck aushielten. Statt diese Hohlkugeln als abnorme Sphärolithe [1] zu deuten, könnte man, mit Rücksicht auf Ehrenberg's und Reuss [2] Angaben über Infusorien im Opal, in ihnen, so wie in den blattähnlichen und spindelförmigen Gebilden, welche vereinzelt im grünen Jaspopal von Island und im Chalcedon von Trestyan vorkommen, mit Quarz incrustirte Diatomeen zu sehen versucht sein. Da vor Allem rundliche Formen *(Melosira distans, varians, ferruginea)* als Einschlüsse im Opal angegeben werden, unter den von mir geschliffenen Opalen aber auch nicht einer Glieder oder Ketten von Melosiren enthielt, muss ich annehmen, dass ein gut Theil der auf den letzten Seiten beschriebenen Sphärolithe für Diatomeen genommen wurde. Ich habe nur einmal in einem compacten Opal Diatomeen gefunden, im rothen

---

[1] Zirkel, Petrographie I, 68.
[2] Ebendas. 290.

Pechopal von Herlany; es waren kleine Fragilarien, von denen
ein Theil mit Eisenoxyd bedeckt war. Ziemlich viele waren ganz
klar und hatten so deutliche Umrisse, dass mit den heutigen
Instrumenten auch viel kleinere Diatomeen im Opal mit Sicher-
heit zu erkennen sein müssten.

Für die Vergleichung der mikroskopischen und der chemischen Zusammensetzung ist es sehr hinderlich, dass Präparate
von ganz gleich aussehenden Opalen von demselben Fundorte
höchst unähnliche mikroskopische Bilder geben können [1]; ich
werde mich desshalb auf ein paar Bemerkungen über diesen
Gegenstand beschränken.

Der Wassergehalt scheint nicht von wesentlichem Einfluss
auf die mikroskopische Zusammensetzung der Opale zu sein;
dem geringen Wassergehalt des doppeltbrechenden Hyalits
steht bei dem mit viel stärkerer Doppelbrechung versehenen
Edelopal die dreifache bis vierfache Menge Wasser gegenüber,
während der Wassergehalt des ebenfalls sehr oft Doppelbrechung
zeigenden Cacholongs wieder dem des Hyalits nahe kommt, und
die Mehrzahl der Opale mit einem zwischen den beiden Extremen
schwankenden Wassergehalt nur Spuren von Polarisationswirkung
zeigt. Dasselbe gilt von dem Gehalt an Kieselsäure. Im Hyalit
von Waltsch und im Cacholong von den Faröern haben wir
zwei verschiedene Opale von gleichem Kieselsäuregehalt; der
eine ist stets pellucid und quarzfrei, der andere oftmals quarz-
führend und undurchsichtig. Am wichtigsten scheint der Gehalt
an basischen Metalloxyden, vor allem an Kalk und Magnesia zu
sein, und zwar scheint derselbe in enger Beziehung zur Ausscheidung von Quarz zu stehen. Es ist sonderbar genug, dass die
mikroskopische Untersuchung gerade in denjenigen Opalen,
welche G. Forchhammer für übersaure Hydrosilicate hielt,

---

[1] Z. B. ist ein porzellanähnlicher Milchopal von Steinheim (57) ein
inniges, feinkörniges Gemenge von Quarz und Cacholongsubstanz mit wenig
Opalmasse und Spuren von Hydrophan, während ein anderer, im Handstück
mit ersterem zu verwechselnder Milchopal von demselben Fundort (48) aus
farblosem faserigen Quarz und zahlreichen kugelichen Hydrophanconcre-
tionen besteht.

Quarz nachweist, vielleicht hat die Ausscheidung von Silicaten den Anstoss zur Ausscheidung von Quarz gegeben; jedenfalls ist so viel gewiss, dass den ungarischen, aus Rhyolith hervorgegangenen Opalen der Quarz (und Cacholongsubstanz) durchweg fehlt, während er in den isländischen, böhmischen und schlesischen Opalen, so wie in denen von den Faröern, von Steinheim und aus der Auvergne, welche aus basischen, magnesiareichen Gesteinen stammen, sehr häufig vorkommt, gewöhnlich in Begleitung von Cacholongsubstanz, Hydrophan oder von Grünerde und ähnlichen Silicaten. Von 10 ungarischen gemengten Opalen war nur einer quarzhaltig, dagegen waren von 21 aus basaltischen Gesteinen und aus Gabbro stammenden 19 quarzhaltig, und unter 27 quarzführenden Opalen waren nur 2, die nicht zugleich die eben erwähnten anderweitigen Einschlüsse in Gestalt von feinen Körnchen, Flocken oder Sphäroiden enthielten.

Die Cacholong- und Hydrophankörnchen müssen v o r dem Quarz und der Opalmasse fest geworden sein, das beweist die körnig-faserige Structur der sphäroidischen und ringförmigen Einschlüsse, welche sie darin bilden. Im Quarz der Opale sind derartige Cacholongeinschlüsse selten, weil die Cacholongkörnchen gewöhnlich von reichlicher Opalmasse eingehüllt sind und in derselben sich zusammenhäufen, so dass Opalkugeln mit Cacholongkern im Quarz entstehen. Das Vorkommen von wohlausgebildeten, zum Theil in einander verfliessenden Opalkugeln in dichtem Quarz würde zu dem Schlusse führen, dass der Quarz zuletzt erstarrt sei, wenn nicht viel häufiger, einmal sogar in demselben Präparat (41), welches Quarzflecke mit Opalkugeln führt, in grösster Nähe dieser Flecke zackige Quarzsphärolithe im Opal eingebettet wären. In einigen Opalen haben die Quarzsphärolithe eine Streckung erlitten, und in einem Präparat (58) ist die Streckung sowohl an ihnen, als auch in der Grundmasse nachzuweisen. Bei 200facher Vergrösserung erscheint die gelblich durchscheinende Masse des Schliffes faserig, die gelblichen und farblosen Fasern sind nahezu parallel, dabei vielfach gebogen, wie im Bimsstein, und in den dickeren farblosen Streifchen bemerkt man Reihen von sehr kleinen, gestreckten Luftbläschen. Vergrösserungen, die über 800 hinausgehen, lösen die gelblichen Fasern in kleine Körnchen (etwa 0·0004 Mm.) auf, die reihen-

weise in farbloser Masse liegen. Das Ganze ist ein vorzügliches
Beispiel von sogenannter Mikrofluctuationsstructur, an welcher
die länglichen Sphärolithe in der Weise Antheil haben, dass ihr
grösster Durchmesser durchgängig der Faserung, also der Strö-
mungsrichtung parallel ist. Man kann sich vorstellen, dass die
Bildung der Sphärolithe erfolgte, während sich die Masse in
Bewegung befand und dass hierdurch Gelegenheit zu einseitig
verstärktem Stoffansatz gegeben wurde, auch kann man sich die
Vereinigung mehrerer Sphärolithe zu knolligen und traubigen
Aggregaten (42, 59, 40) als Zusammenkrystallisiren von sich
vergrössernden Individuen denken, allein mit Rücksicht auf die
mehrerwähnten, von Quarz eingeschlossenen Aggregate von
Opalkugeln (Fig. 30) erscheint doch die Annahme wahrschein-
licher, dass der Quarz nicht erst im Moment der Krystallisation
ausgeschieden ist, sondern dass beide, der Quarz und die Opalmasse, sich auch nach ihrer Scheidung noch in halbflüssigem Zustande befunden haben.

Erklärung der Zeichnungen.

1. Edelopal von Kremnitz (1). Grundriss des Schliffes. 4:1. *ab* grosser Sprung.
2. Derselbe. Partie um *b* in auffall. Licht. 10:1. *sp* mikrosk. Sprünge.
3. Derselbe. Partie um *c* in auffall. Licht. 10:1.
4. Derselbe. Partie um *d* in auffall. Licht. 10:1.
5. Ringe von Eisenoxydhydrat auf dem Sprunge *ab* bei *a*. 60:1.
6.
7. } Partie bei *c* } in durchfallendem Licht. 10:1.   *b*   *d*
8.
9. Edelopal aus Hydrophan von Dubnik (8) in auffall. Licht. 8:1.
10. Derselbe in durchf. Licht. 8:1.
11. Derselbe zwischen gekreuzten Nicols. 8:1.
12. Hyalit von Bohunitz (20) zwischen gekreuzt. Nicols. 15:1.
13. Krystallgruppen aus Hyalit von Waltsch (14). 150:1.
14. Hyalit von Waltsch (9) zwischen gekreuzten Nicols. 20:1.
15. Hyalit in Halbopal von Kosemütz (40) zwischen gekreuzten Nicols. 20:1. *sph* grosse Quarzsphärolithe, *qu* Quarzfleck.
16. Milchopal von den Faröern (49) zwischen gekreuzten Nicols. 5:1.
17. Milchopal von Island (58) zwischen gekrenzten Nicols. 20:1. Zugleich hyalitisch und quarzhaltig.
18. Kieselguhr von Foissy. 600:1.
19. Sphärolithe aus Opal von Kosemütz (42). 300:1.
20. Milchopal von Island (58). 40:1. *ch* Chalcedon — *qu* Quarzkugeln.
21. Sphärolithe aus demselben. 300:1.
22. Grosser Sphärolith aus Halbopal von Kosemütz (40). 150:1.
23. Milchopal, Überzug eines Chalcedons von Island (59). 70:1.
24. Chalcedon von Island (63) mit Grünerde und Zeolithen. 20:1. *kq* Kleinkörniger Quarz mit kleinen Flecken, Kugeln und Ringen von Cacholong und Hydrophan.
25. Faseriger Chalcedon (62) zwischen gekreuzten Nicols. 15:1.
26. Sphärolithe aus Chalcedon von Trestyan. 70:1.
27. Hydrophanhaltige, in faserigem Quarz liegende Sphäroide aus Milchopal von Island (44), nach Behandlung mit Fuchsin. 220:1.
28. Hydrophangebilde in Milchopal von den Faröern (46). 500:1.

29. Impellucide Büschel in farblosem Opal aus Milchopal von den Faröern
     (45), nach Behandlung mit Fuchsin. *b* cacholonghaltig. 70:1.
30. Opalkugeln in Quarz, aus Opal von Kosemütz (41). *a* in durchfallen-
     dem, *b* ohne Deckglas in dem von der polirten Schliffoberfläche ge-
     spiegelten Licht. 25:1.
31. In faserigem Quarz liegende Schnüre von Opal und Grünerde aus grü-
     nem „Jaspopal" von Island. 70:1.
32. Eisenglimmer und Chrysotil aus Opal von Adelaide (43). 500:1.
33. Achat von Schlottwitzgrund, Sachsen, in auffall. Licht. 50:1. *mq* Milch-
     quarz, *qu* klare Quarzader, *mc* cacholonghaltiger Milchquarz, *tq* trü-
     ber, in durchfall. Lichte gelblicher Faserquarz.